文庫版

塚本邦雄

Kunio Tsukamoto

全歌集

第七巻

JN123701

庫

目次

魔王

装訂　間村俊一

魔王

魔王
一九九三年三月一日
書肆季節社　菊判變型　カバー附
丸背　二八〇頁
装釘　政田岑生

くれなゐの朴

黑葡萄しづくやみたり敗戰のかの日より幾億のしらつゆ

秋風《しうふう》に壓《お》さるる鐵扉《てつぴ》ぎりぎりと晩年の父がわれにちかづく

杏林醫院三階に燈《ひ》がまたたきてあそこに死後三箇月の生者

わすれぐさ、わすれなぐさにまじり咲くヴェトナム以後の時間《とき》の斷崖《きりぎし》

まれまれに會ふ核家族　林檎より林檎に腐敗うつりつつあり

建つるなら不忠魂碑を百あまりくれなゐの朴ひらく峠に

山川呉服店未亡人ほろびずて生甲斐の草木染《くさきぞめ》敎室

廢墟

「十月」の十の字怖《こは》し正餐の帆立貝《サン・ジャック》どこかまだなまのまま

亭主關白豚兒攝政秋ふけて一刷毛の血の雁來紅《かまつか》刈らる

洗禮をするならうけむ霜月の消火ホースのにぶき筒先

こよひ百合根を食ひちらしたり核家族三《み》つ併せたるこの大家族

癆咳《らうがい》の父の晩年　愕然と冬麗の護國神社の前！

犯跡に似たる歌歴をしためむ雪したたかに降つたりければ

あたり見まはしたり　酷寒の古書市にガルシン追悼號の「前衛」

下剋上の下の冱えざえとわがめぐり寒明けて寒卵ぞゆらぐ

生きたりずして生きいそぐ春晝を北極熊のうしろすがた

スワッピングの意味知らざりしその春も雉子のこゑほのかに紅かりき

生前のわれの書齋を訪れきたしか猩猩緋の初蝶が

春祭滿艦飾の巷にてすがすがし休業中墓石店

蜜月のひるの日覆ひうすあをしこころもち死の側にかたぶき

なまぬるき平安の日日《ひび》蠅叩く一刹那「必殺」とつぶやき

殷殷と鬱金櫻は咲きしづみ今生の歌一首にて足る

彼奴《きやつ》を密告《さ》したるのちのある日をおもひをり曇天ほのかなる柿の花

白紫陽花咲きおもるべき宵あさくわからぬやうに殺してくれ

黴雨《つゆ》のラガーたまゆらみだら夕映に無言のからだうちかさなりて

青嵐　その眼《め》たしかにわれを逐ふ五百羅漢のなか一羅漢

末期《まつき》・末期《まつご》のいづれか知らねわがために麦酒《ビール》「夕星《ゆふづつ》」あらばためさむ

幼稚園塗繪の時間百人が必死に瀕死のライオンを塗る

有能多才にてこのひとすぢにつながらず水中にみのりつつあらむ菱

華のあたりの

父と呼ぶ不可思議のひとありしとか桐の花咲きしぶれる五月
翌檜《あすならう》あすはかならず國賊にならうとおもひ　たるのみの過去
モネの僞《にせ》「睡蓮《すいれん》」のうしろがぼくんちの後架《こうか》ですそこをのいてください
そのためにだけでも死ねた友情のあひて、倶梨伽羅《くりから》組長次男
戰爭が廊下の奥に立つてゐたころのわすれがたみなに殺す

還城樂

I

寒まひるひらく銀扇　日本をそのむかし神國と呼びゐき

冬旱こゑほがらなるますらをのごとしまつぱだかの桂の木

寸斷の寸のこりたるこころざししかすがに蛇《じや》の髭《ひげ》の實碧《あを》し

不法駐車のロメオに爪を立ててゐる婦人警官のあはれ快感

教養が邪魔しつづけて祝宴のこゑきれぎれに「夕星《ゆふづつ》の歌」

有刺鐵線張らるる前の刺《とげ》の束しづかなり　さて何を刺さむ

うつつには見《まみ》えざりしがつきかげにうつうつとして眞紅の茂吉

紅梅の何たる紅《あか》さ寒葬《かんはふ》り終始一人として哭かざりき

男三つにかさねて ⿱男⿰男男《すさまじ》と讀まむまたうつくしき 戰《いくさ》夢みよ

桃夭《たうえう》桃夭たれかが野の沖に謳ひつつあり大寒きはまりにけり

サッカー部員點呼、露崎・喜多・玉城・花井・井伊・一柳　驅足！

累卵のやすらけきかなわが上に數千の天才の言靈

ヴェトナム料理の緋の蕃椒《たうがらし》けさはけさ食卓がいつ爆發するか

歌を量産して今日もまた夕茜さすむらさきの病鉢巻

夕陽金色《こんじき》をおびつつ日本はみにくし五十年前もその後も

奴隷海岸・象牙海岸明記せる古地圖ながめてゐて須臾《しゆゆ》たぬし

かつとみひらく南方熊楠そのむかし杉村楚人冠への艶書

妻のスカーフおそろしき罌粟色に映えモスクワにうすぐらき空港

藍の辨慶格子の浴衣袖だたみ冬のホテルに別るるわれら

木星莊百階に來よ千メートル下に世界の亡ぶるが見ゆ

戀永くながくつづきて浴室のすみに屑石鹼の七彩

Ⅱ

闇にやまざくら　たとへば一夜寝てめざむれば世界とうに終り…

花曇りつづく或る日にさそはれて「君が代」を思ひつ切り歌ふ會

ひつぎのみこを柩の御子と思ひゐしわが白珠の幼年時代

一つ知り十を忘るる春盡の界隈にモーツァルティアン十人
淡路島緋のくらげなしただよへり昨日日本は雲散霧消
夢さめて睡りさめざる春晝を立ちはだかれり燈明ケ嶽
逝きしもの逝きたる逝ける逝かむもの疾風《はやて》ののちの暗き葉ざくら
移轉先は壹岐の　南《みんなみ》　ネクタイもてくるラシーヌ全集その他
行幸《みゆき》とふことばありけりありつつを百千鳥《ももちどり》はたとさへづりやむ
ながらへて今日の夕食《ゆふけ》にしろたへの眞烏賊《まいか》の甲府四十九聯隊
溫室のヒエラルキーの中以下にうなだれゐたり敦盛草は

死を中心にこと運びしつつありしかど桐咲いて何もかもうやむや

「山風蠱《さんぷうこ》」なる卦は知らず文弱のわれが溺るる詞華數十萬《すじふまん》

大盞木　われの及ばぬ天才が上手がつぎつぎに世を去つて

われを撃て麥秋のその麥の間を兵士のわれがおよげるを撃て

鳥獸戲畫さういへば動物園に動物のままの鳥獸あはれ

父の日の空の錫色父にしろ望んで生れて來たのではない

姦通ののちにはふれず隣家《となりや》に桑熟るるてふ葉書一ひら

「死して護國の鬼となる」その鬼一匹われならず　綠金の空梅雨《からつゆ》

ちよろづのいくさのわれら戰中派微笑もてにくしみをあらはす
皿の鮎一尾の胸にいざよひの月の色　老いを言ふべからず

Ⅲ

夜まで咲きのこれる朝顏わが家が廢屋となる豫兆しづけし
出雲にて梨賣りゐるを見しと言ふ聞かずともよきことまたひとつ
狂氣透明無比の一瞬硝子戶に敗戰の日の鷄頭映る
桔梗一束提げてうつしみむらむらと六角本能寺油小路
晩夏アンティックの暗がりが波立ちて「見よ東海の空明け」にける

殺せし者殺されし者死にし者死なしめられし者　萩蒼し

秋扇の紺青叢濃《むらご》ゆくすゑのいつの日か今日をなつかしむべし

國體のひはひはとして秋風に屏風繪の花芒吹かれつ

銀木犀こぼるるあたり君がゆき彼がゆきわれは行かぬ戰爭《いくさ》が

心奥《しんあう》に枯れざる山河あるわれとおもへばあはれなる霜柱

どこか病みつつ秋ふかきかなあかときを廚に絖《ぬめ》のごとき白粥

この世は修羅以上か以下かうつつには宇都宮第五十九聯隊

初霰衿より入つてその一瞬「爾臣民《なんぢしんみん》」てふこゑきこゆ

いくらかはイラクに壓されつつあれど霜月猩猩緋の唐芥子《たうがらし》

白秋忌歌會午後五時ぬばたまの烏丸《からすま》四條澁滯はげし

花柊　孝行息子わがために父夭折す母早世す

秋雷《しうらい》避けて驅けこんだるはあさもよし紀淡銀行犬ノ墓支店

飛鳥路に霰　あられもなき戀のなごりのうつしみをうちたたき

此花區忘年會の福引に籤引きあてさびしき父は

林檎齧つて齒齦《はぐき》ににじむうすき血の夕映　かつてシベリアに見し

煤掃きの押入れに朱の入日さし古新聞の絞首刑報

あらがねの

露のうへにつゆおくここち 堺市《さかひし》百舌鳥《もず》夕雲町《ゆふぐもちやう》 におほちちの塋《はか》

扇もて指す耳成《みみなし》山のおぼろなる肩　言の葉をいつくしまむ

朝食食堂「利薄《りはく》」開店店頭に春蘭の一鉢を飾つて

虚子句集より屑ばかり選り出してそらおそろしきマロニエ吹雪

惨劇つづるべき原稿紙八百字詰《づめ》まづわれの姓名をしるす

朝顔の紺のかなたに嚠喨たり進軍喇叭「ミナミナコロセ」

天金辭書三千頁すゑちかく雨冠《あめかむり》はなやかにうすぐらし

「春畫」が「春畫」と誤植されたるを嘉《よみ》しつつ讀むこの處女詩集
傾ける齢《よはひ》もたのししろたへの木槿が馬に食はすほど咲き
三人がかりで一人殺さばその罪は三等分か　底冷えの夏
鷓鴣《しやこ》のスープ腥きかな日本人たらざることをのぞまぬにあらず
吃り吃つて手あたり次第茴香《ういきやう》の實をしごきしが戀の發端
亡命の時機を逸して四十年經たり蘆薈《アロエ》に洗朱《あらひしゆ》の花
吾亦紅血のいろすでにうすれつつ露の篠山第七十聯隊
天才と亞天才の差それのみかああ言へばかう夕陽のもみぢ

冬空はシベリア色にたれこめて英靈がまた還りつつある

亂世のむしろたのしく下駄穿いてエリック・サティの夕べに參ず

カーペンターズ・パンツの尻が一刹那決死隊員めく寒旱

薄氷刻一刻と無にかへりつつありわが胸中の戰前

茂吉が見たる子守の背《せな》の「にんげんの赤子《あかご》」果して何になりしか

一月曖昧二月朦朧三月はガザへいくさを見に行くとせむ

大丈夫《だいじやうふ》あと絕つたれば群青のそらみつやまとやまひあつし

つひに會はざりけるを至福と憶ひつつかなしあらがねの土屋文明

供華《くげ》の椿がころがつて行方《ゆきがた》知れず多分とどいてゐるのであらう
蕪村書狀見つつし怡《たぬ》し「五月已來とかく疎懶《そらん》にくらし候」

國のつゆ

父よあなたは弱かつたから生きのびて昭和二十年春の侘助
鳳仙花朱の鳳仙花さむざむと茂吉はシュペルヴィエルに逅はず
花石榴ふみにじりつつ慄然たり戰中派死ののちも戰中派
ロシアを露の國と書きしはおほちちの時代　なつかしすぎて忘れつ
國民年金番號四一七〇ノ二三二六　枇杷くされ果つ

冬のダリアの吐血の眞紅　おほきみの邊《へ》にこそ死なざらめ死なざらめ

初夢は旅の若狹のホテルにて幟はためき「祝入營」

　　バビロンまで何哩？

殘雪の那須野過ぎつつ蹉跎として〳〵ここはいづこぞみな敵の國

娶る前はそらおそろしく娶らるる前さびしくて瑠璃の蛇の髭

金の折鶴踏みつぶしつつ「幼稚園々兒のための詩」に出講す

裏富士を見つつ殘生すぐすてふ追伸にうすき文字《もんじ》の戀句

冬麗の街湯硝子戸はづみつつうすべにの青年がまろびいづ

「わがうちなる敵」など言葉遊びにて敵國には糜爛性瓦斯もある
虹彩航空會社單身赴任する亭主「バビロンまで何哩？」
ああ四月貧兒のおごりぱさぱさとサクラクレパス二十四色
四月一日の底冷え道化たる端役の道化師が馘《くびき》らる
ニトログリセリン舌下に「あるひは太陽の美しく輝くことを希ひ」
いつの日か一度は見たし石榴《グラナダ》の爆走族がはじけとぶさま
菖蒲湯ぬるし五分沈まば死に得むにそのたのしみは先にのばす
射干《ひあふぎ》のみのるまひるまひらかるる全國徴兵忌避者大會

百合の木の彼方月映　西方《さいはう》にたのしきたたかひがあるならむ

鬼籍に入るは水に入るより易からむわが身五尺の濡れたる影

蠛蠓《まくなぎ》の陣にさからひつつ歩む生きてなすべきこと残れば

朴の花残んの一つ果ててけりわが全身が老いを拒む

牡蠣がほんのすこし口あくあかときに何をフランス革命記念日

實朝が知命まで生きのびたとて　鎌倉の海の縮緬皺

國体も國體もひよわなるままに霜月すゑの菊の懸崖　「國体」はママ

人に非ざる

Ⅰ

一九四五年八月を忘れて啖《くら》へ苺の氷菓《ソルベ》
嬰兒《ベビー》大學開校の日の蟬しぐれしぐれしぐれて夕暮となる
さもあらば荒模様なる金婚式前夜の山川のさくらいろ
「木犀家」國籍不明料理店オーナーが人を食つてゐるとか
徹夜音樂祭八月の草原をチェロ引かれゆく硬直屍體
六等親てふは無緣の通夜の座に思へりわれはわれの何なる
世紀末までにこの戀終るべしプールに搖れて千々の太陽

夏の白萩みだれふたたび戰爭が今日しも勃らざりける不思議

この世のほかの想ひ出くらき日の丸の餘白の署名百《ひやく》數十人《すじふにん》

石榴炸裂一時間後も三千日先も未來と言ふなら未來

好奇辭典と洒落て通ずる彼奴《きやつ》ならず眞水鯨飲して宿醉《ふつかゑひ》

肝腎の肝はともあれ腎さむし梅が枝觸るる後架の廂

露の芒踏みつつ今日も「滅ビタリ、滅ビタリ、敵東洋艦隊」

白衣の人二、三突立ち霜月の枯原にあらがねの地鎮祭

霜月をとほく持て來し束脩《そくしう》のあはび活きをり佳き弟子ならむ

凍蝶骨の髓まで凍ててたまかぎる世紀末まで三千餘日
はつかなる霜をまとひて路肩《ろかた》なる鵺の轢屍體が燦爛
那須海軍大尉享年二十七墓碑に大寒の水沁みわたれ
アルマ教教祖七十そのむかし「神軍」の軍曹なりしとか
進學塾シオン前バス停留所ここで永遠にとどまるならば
餓死したる邯鄲二匹火にはじきその時よみがへる「逃匪行」

Ⅱ

新年の何に疲れて八疊にどうとくづるる緋の奴凧

熱湯さましつつふと口をつく「世界ほろぶる日に風邪を引くな」

あけぼのの白魚二寸今日一日《ひとひ》人に非ざる俳にとらはる

春雪はたとやみつつ角《かど》の魚辰が忌中の井伊家顯もて示す

文部大臣オペラグラスで芒野に突撃のまぼろしを見てゐた

喫泉のまひる眞處女《まをとめ》眞清水が食道を奔りおつるところ

幼兒に大嘘を教へをりそのむかし鉛筆にもB29があつた

咲かぬまま三日を經たる未開紅《みかいこう》その紅梅の傍若無人

簗にひしめく若鮎數百《すひやく》かつて「わがおほきみに召されたる」は誰か

やつと枯れてくれたり結婚記念日に買ひし苗木のたちばなもどき

姉の忌に滲ぜむ雨の姫新線《きしんせん》松花堂辨當の菜の花

沖つ波高井長谷雄が幼稚園卒《を》へて驅けゆくゆふべの渚

泪ながらに二人は「オテロ」見畢りき同病にくみあふ花粉症

筆墨店射干《ひあふぎ》そよぐ庭前に水打つと喪の備へに似たり

櫻に錨印の燈油一ガロンあるいはわが家燒き拂ひ得む

明日のわれもわれに過ぎねば金雀枝《えにしだ》の金かすかなる銹を帶びたる

櫻うすずみいろにみだれつわが嗜好いささかナツィズムに傾きて

椿「酒中花」一枝を賜ふ片戀のかたみ頂戴仕らうか

生きざまとは何たる言ひざまぞ朝のさくらくろずみつつ春逝かむ

五百羅漢斜より見れば好漢の三つ四つゐつつ胡蝶花《しやが》に夕風

過去といふにはなまなましくて目の邊《まあたり》春泥生乾《なまがわ》きのヴェトナム

Ⅲ

いくさいささか戀しくなりつわが父と同忌の伯父の鬱金櫻　「同忌」はママ

ヘルシンキ宛の荷物にあによめが容るる葛根湯　春深し

目刺焼いて割箸焦がす日々《にちにち》のきのふのさくら明日の葉ざくら

マラッカ海峽泳ぎ泳いで還り來し昔　菖蒲湯に搖れゐるきさま
花茴香それはともかく近づきてすぐに過ぎたるボッティチェッリ忌
夜の十藥　讀みたどりつつセザンヌの耄碌をあはれとも思はず
青棗さかんに風に打ちあへば三粁北の機銃掃射
天下異變つづきといへどあやまたず花咲けり馬鈴薯の男爵
黴雨《つゆ》ふかくなるサーカスの奧ふかく象に使はれゐる象使ひ
梢上に他界はあらむ夕空の一隅朴の花明りして
新綠の十二神將ひとりづつ何か強奪されたる目つき

老いざることげにおそろしき九十の母が濱木綿髻華《うず》に插したる

梅雨《ばいう》上つてなほうすぐらき空鞘町《そらさやちやう》二丁目に在郷軍人會がある

うろおぼえの經文殊に忝し極重悪人に合歡《ねむ》咲けり

火蛾によぎられたる映寫幕天變のごとしフランケンシュタイン復活

たたみいわし無慮數千の燒死體戰死といささかの差はあれど

ブティック街硝子の崖に阻まるる時くるしくも降りくる雨

日章旗百のよせがきくれなゐがのこりてそこに死者の無署名

シチリア、シリア、シベリア徐々に流刑地めきて地球儀半回轉

黑血病病院前にひるがへるポスター「水星が賣りに出た」
酸性雨アルカリ性雨に變るまで眠れ眠れ母の胸に

戀ひわたるなり

ゆく春をともにをしまむ一人無し近江洪水伊賀崖くづれ
毀譽褒貶《きよほうへん》の毀と貶われを勃《た》たしめき風中の山査子《さんざし》がさやさや
幼稚園青葉祭の園兒百　なぜみな遺兒に見えるのだらう
中學生制服小倉霜降りの霜のにほひを戀ひわたるなり
母の晩年縱橫無盡風の日は蚊絣を著て風見に行けり

南無三寶とりおとしたる寒卵つるりとバイカル湖の凍解《いてどけ》
海石榴《つばき》白し一生《ひとよ》を死もてしめくくるその覺悟爪の垢ほどもない

黑南風嬉遊曲　一九九一年五月歌暦

1日　水　ダニエル・ダリュー誕生
胸中の日本革命必至論どこかで白南風《しらはえ》が吹きやんで
2日　木　八十八夜
不發彈處理班班長胡蝶花《しゃが》をふみにじる　あたりちらしてゐるのか
3日　金　「抒情組曲」ＦＭにて
アルバン・ベルク四重奏團ゲルハルト・シュルツ第二ヴァイオリン　凜！
4日　土　佛滅　喜連川フユ刀自
窈窕たる老女なりしがおほちちが未練の鬱金櫻　散り果つ
5日　日　大安　舊3月21日　御影供《みえいく》

空海に妻はありしか　飛白體《ひはくたい》かするるあたりかすかくれなゐ

6日　月　赤口　立夏

大安吉日をえらびてうつせみをあらはしき春蟬が八匹

7日　火　下弦

憲法もさることながら健吉の名を言ふこともなき蓬餅

8日　水　ディートリッヒ＝フィッシャー・ディースカウ誕生

わが歌の鮮度三日は保てよと遠方《をちかた》の氷屋を呼び返す

9日　木　不成就日

日本に休息の季《とき》いたりつつ白梅紅梅の幹の疥癬

10日　金　佛滅

新娶り以來四十五年目の朝食《あさけ》　白雲《しらくも》の香の甘藍

11日　土　大安

ダリ誕生日はわれら結婚記念日のあくる日　くたくたの白牡丹

12日　日　赤口　花外樓にて

戀の至極は死ののちにあらはるる戀　鯉の洗ひが舌にさからふ

13日　月　マリア・テレジア誕生

しらたまの飯《いひ》饐《す》えかけて貧廚におそろしきかな深淵の香が

14日　火　佛滅　通說茂吉誕生日

わけのわからぬ茂吉秀吟百首選りいざ食はむ金色《こんじき》の牡蠣フライ

15日　水　大安

馬上ゆたかなる美少年絕えて見ず見ざるままたちまちに世紀末

16日　木　赤口

わが花眼《くわがん》いよいよ曇りかつ冱えて『共產黨宣言』が讀みづらし

17日　金　三隣亡

野《の》萱草《くわんざう》わつとひらきてみのらむとする塋域の死者のちから

18日　土　國際善意デー

近くまで來たので寄つたことわりのあとつづかねば枇杷の實蒼し

19日　日　フィヒテ生誕

植物園ベンチに眠る青二才二メートル遺棄屍體のごとし

20日　月　佛滅

氷挽くその實景をひさびさにわれら視てをり　挽き了りたり

21日　火　大安　上弦

殺蟲劑そそぐ百合の木ざわざわと心にはアメリカを空襲せり

22日　水　赤口

金魚みひらくヴィニール袋爪はじきしていざ金魚ほほゑましめむ

23日　木　天一天上

古稀古稀とな告げそ若き怒りもて夜半《よは》の夢前川を見おろす

24日　金　納曾利唐樂研究所前にて

鼓膜銀箔張つたるごとしはるかなる雅樂軍樂の音して迫り

25日　土　湊川神社楠公祭

孔子より草子を韮よりも伊貨《リラ》をいくさよりいらくさを愛して

26日　日　佛滅

五月下浣日々《ひび》の曇天みづからのうちに亡命して枇杷くらふ

27日　月　大安　舊海軍記念日

海征かばかばかば夜の獸園に大臣《おとど》の貌の河馬が浮かばば

28日　火　望

鳥羽後鳥羽醍醐後醍醐のちにくるものをたのまば水の底の月

29日　水　三隣亡

八紘一宇と言ひし彼奴《きやつ》らのそのすゑに忘られてうはのそらみつ大和

30日　木　慶子退院して一週間

妻は水より素湯《さゆ》をこのみて夏もはやＴＶに「梅雨小袖昔八丈」

31日　金　二代目衣更へ開業

先代の背後靈レジ引受けてブティック山川のみせびらき

忘るればこそ

漆黑の揚翅蝶《あげは》脈搏つ大寒の夜の展翅板發火寸前

爪立ちて人の死を見る二月盡きのふか幣辛夷《しでこぶし》咲きそめし

「東北《とうぼく》」の梅は紅梅春寒に謠ひつつさしぐみ申候

金米糖、「ヱネツィア客死」、六十年前の日光寫眞の硝子

たれが何をこころざしけむ新綠に肩怒らせて百の墓群《はかむら》

大盞木のつぼみのごとき男子得て不惑わくわく越えし想ひ出

反社界、否《いな》反射界かなしみが亂反射する葉櫻のそら

白ダリアのごとき灯《ひ》ともりざわざわと北河內夜間救急センター

原爆忌忘るればこそ秋茄子の鴫燒のまだ生《なま》の部分

十年見《まみ》えざれば敵《かたき》の女《め》童《わらは》があなあはれなり紫苑《しをん》の丈

晩春の罌粟のしろたへ時ありてわれはよろこびに沈むといはむ
海膽《うに》水中に刺《とげ》の花咲きしかうして突如慄然とこの既觸感
忘れ忘れて死ぬかも知れぬかも知れぬ秋の愁ひの杏仁豆腐
微力にて敗戰以後も年々に咲きいでつ血紅の山茶花
死のにほひまつたくあらぬ戀愛劇見飽きて神無月の葛切
歌はざれ歌はざれ　わがひつさぐる二瓩《にキログラム》の海鼠《なまこ》のかるみ
緋目高百匹捨つる暗渠に一刹那あれはあるいは吶喊のこゑ

風香調

無爲と呼ぶ時間の珠玉「未完成交響曲」逆回轉で聽く
朝顔の貌かさなれり一人一人死してそのこころをのこすのみ
帽子かむりなほして出づる詩歌街《しいかがい》風はおのがにくむところに吹く
まだたれも哭かぬ戰友會九人春歌アレグロでうたへよ、黑木！
どこかで國がひとつつぶるる流言に七月の雨うつくしきかな
天の川地上にあらばはは/うへがちちうへの邊《へ》に解きし夏帶
「火の鳥」の指揮者メータが目を据ゑて崑崙驅けくだりしかんばせ

悍馬樂

I

紅葉《こうえふ》の中に欲るもの一盞《いっさん》の酒そのほかにたとふれば首級《くび》

野の沖にさせる薄ら陽　玉藻刈る隱岐へ行かむと思ひつつ赴《ゆ》かず

國家總動員法　遁げよわたくしの分身の霧隱才藏

風は甘露の香りもて過ぐすはだかのわれと群青の秋空の間《かん》

聖母マリアの離婚成立　天涯にあたふたと扉とざせる音す

大將軍、地名なれどもまぼろしの吶喊のこゑこの夕霰

操舵室におもたき帽子おかれゐておそろしく性的なり　海は

豪放磊落のますらをが晩餐の卓の醤油を指して、むらさき！

尾花、花のごとくはあらね飛び散つて立川飛行第五聯隊

使ひ走りの乙女が寒の井戸水の鐵氣《かなけ》を言へり　みごもりけりな

敗戰直前の記憶の夜々に散る紅梅　鬼畜英米を撃て　「鬼畜英米」はママ

春雷みごもりたる夕雲がすみやかに頭上に近づけり　バイロン忌

われら何をなさざるべきか桐咲いて天の一隅がここからは見えぬ

春夜露地裏うらうらとして蛞蝓《なめくぢ》が這ふポスターのシュワルツェネッガー

妻は亡き母に似つつをたそがれの獨活《うど》に鹽ふる忘れ霜ほど

書き殘すこと大方はヰタ・セクスアリスならむか合歡けぶりをり

水馬《みづすまし》われを感じて菱の花飛び越せりこの三糎の悍馬

精神のゆくへぞ知らぬおほむかし伯父が吸ひゐし刻煙草《きざみ》「撫子」

ラムネ喇叭飲みして馬に見られをり調教師水木啓作二十歳《はたち》

銀漢の腿のあたりに星飛べり來年の夏もいくさつづきか

帷子《かたびら》のただよふ盥亡き父と在りし母とのさかひおぼろ

Ⅱ

たづぬれば遺族ちりぢり天王寺伶人町の明るき日暮
人のはたらく日に手をつかねゐることもさびし生簀《いけす》に斜《ななめ》にさす陽
野分にほろぶ花杜鵑草《はなほととぎす》男らは寂しさのきはみに怒るべし
七人の敵の一人のまがなしく艇庫の門も露しとど
霜月わがこころ鏘然すでにしてアメリカ朝鮮朝顔も朽つ
金蓮花縷《る》のごとく枯れぬばたまの黒田長政とはたれなりし
秋の沒陽をみぞおちにうけ讀みとばす殘俠篇のごとき遺句集
家をゆづらむわれと吾妹と本二萬冊鴨一羽、匕首添へて

シートベルトをお締め下さい春愁樂シューベルト夢うつつに聴いて
星月夜四月しんしんとそらみつやまとに飼殺しの歌人《うたびと》
春闘てふ季語ありとかや芥子畑《けしばた》にかくるる蛇の丈二、三尺
斑猫の交通事故死 綠金《りよくこん》の頭わが方ふりむくあはれ
萱草色《わすれぐさいろ》の夕雲　裂目《さけめ》よりカンガルー便配達人が
底紅木槿　寓話の愚者は事濟んでのちに悟れりわれはさとらぬ
公侯伯子男《こうこうはくしだん》とつらなる爵のたね蕺草《どくだみ》の花吹きちぎられつ
「わが大君に召されたる」てふ血紅の昧爽《よあけ》、黃昏《たそがれ》、のちのくらやみ

忙中の閑、房中の姦、よろこびはいづれまされる夜の百日紅《さるすべり》
冷房にふるへつつ観る極彩の悲劇「妹背山《いもせやま》婦庭訓《をんなていきん》」
啄木の舊さ極めてあたらしく地圖の某國に墨塗りつぶす
わつとばかり曼珠沙華　われ一人だに殺せぬ論敵をあはれまむ
ちちうへの醉餘の唄は「君が代」のさざれ石、なぜ巖《いは》になるのか

Ⅲ

銀漢を仰ぐ好漢、翼得て虚空に三夜流連《ゐつづけ》すべし
フリオ料理長四十肩ナプキンを廢船の帆のごとくならべつ

誕生日とて一束買へり三百圓白髪なびく花野乃爲酢寸《はなののすすき》

むかし「踏切」てふものありてうつし世に踏み切り得ざる者を誘ひき

つるうめもどきどきつとせしは敗戰のその冬の日の檻の丹頂

好色の極みについて借問《しやもん》さる大根膾供されてのち

枯蘆が一瞬しろがねに輝《て》れり名を成すがそれほど尊きか

霜月の霜、臘月の臘梅と月々にわがよろこび哀し

明日はすぐ昨日になつて銀箔のみぞれ　唐犬權兵衛の墓

筑紫武雄の若木町、今日きさらぎの花嫁を町ぐるみ見に出て

ざわざわと蝶おしうつる氣配して華燭前夜の青木家無人《ぶにん》
春蘭琥珀色にしをれてたまゆらの腐臭　皇太子殿下さよなら
茴香畠に春の夕霜曰く言ひがたき歌境にわれさしかかる
しかし核爆發はかならずあの白椿の根もとである　百年後
何が寂しからう大盞木ひらき友の鼾のバッソ・プロフォンド
紅生姜酢にひたりつつひたすらに紅しわれにもなすべき何か
空木植ゑてさて二十年、七千回朝々醒むるのみなりしかど
黴雨空の濃きねずみ色「文部省」これが現代人の呼ぶ名か

神、天《そら》にしろしめさざる一瞬か早少女《さをとめ》が藍の衣ぬぎすつ
沙羅の木に沙羅の念力　あさがれひくらへるわれの欲あはあはし
百合百莖　ミケランジェロの醜貌がとどのつまりは宥せぬわれか

火傳書

風の芒全身以て一切を拒むといへどただなびくのみ
戀すてふわが名立たずて秋もすゑ祕すれば鼻風邪の引きどほし
それはしばらくおき絶唱の條件は反アララギの秋のあけぼの
山川にこゑ澄みとほる神無月《かみなづき》われひとり生きのこりたるかに

父と呼ばれてはや四十年あはあはと飛龍豆《ひりようづ》の銀杏《ぎんなん》を嚙みをり

千手観音一萬本のゆびさきの瘭疽《へうそ》をおもふこの寒旱

雪は鵞毛に似る夕暮をカシュミール料理店にて口腔《こうかう》の火事

フラメンコ調に君が代歌ひ了へ彼奴《きやつ》端倪《たんげい》をゆるさぬ道化

科白《せりふ》相手をおほせつかつてわれこそは春宵一刻のホレーシオ

遠國《をんごく》のいくさこなたへ炎えうつるきさらぎさくらだらけの日本

あまねき忘れ霜の罌粟畑《けしばた》　一世紀のちの空襲こそ想はざれ

世界観といへど眞紅のジャケツより首出す刹那見えたる世界

千一夜

仰角《ぎやうかく》の空百日紅《さるすべり》蒼白に本家共産黨解體告知

老麗《らうれい》てふことば有らずば創るべし琥珀《こはく》のカフス釦《ボタン》進上

石榴《ざくろ》捧げて童子奔《はし》れりアラビアに千一夜蘇《よみがへ》るまで奔れ

四條畷なはてわづかにのこれるを突然はしきやし秋の蛇

玉藻刈る沖みはるかすこと絶えてなし父上の七十回忌

惡友奏鳴曲

I

サムソン氏ここを故郷とゆびさすや地圖のガザ猛烈にうつくし
霜月の電柱霜をよろひつつ獨立守備隊高木軍曹
ロールスロイスの屋根に殘雪きらめきつああこの斬新無比の屍《しかばね》
萬葉偏重症候群にかすかなる火薬のにほひ　冬ふかきかな
光陰の陰かさなれる半生もおもしろ寒のしらうを膾
追伸に花のガルシア・マルケスを貶して悪友のまけをしみ
風邪の神にすれ違ひたり四月なほさむきひさかたの霞ヶ關
鬱金櫻うつうつとあらひとかみが13チャンネルをよこぎりたまふ

國に殺されかけたる二十三歳の初夏勿忘草《はつなつわすれなぐさ》のそらいろ

棕櫚に花新設ポリス・ボックスに著任すアル・パチーノもどき

蚰蜒《げぢげぢ》を打つたる藍のスリッパーうらがへり今日梅雨明けにけり

明日來むと債鬼言へりき明日あらば百日紅《ひやくじつこう》の上枝《ほつえ》の微風

天使魚が龍宮城の上空をひらり　夜店の水槽なれど

麥とろの鉢の底なる麥三粒死ぬ氣なら今すぐにでも、でも

被爆直後のごとき野分のキオスクのビラ、口歪めイザベル・アジャーニ

淨め鹽頭《づ》よりあびつつ舊友の思ひ出もなしくづしに忘れむ

けさは亡き父こよひは亡き母のこゑをうつつに縹色のつゆじも
金色の芒一束おくるとふうるはしき大語壯語を友は　「大語壯語」はママ
婚姻と葬儀にそなへモーニングコート黑白の縞の直線
花薄天を掃きをりわが死後に買ひ手ひしめく歌一萬首
こころざし遂げなばあとは何遂げむ朱の海鞘《ほや》嚙むは舌嚙むごとし

Ⅱ

ああ汨羅われを沈めむ浴槽の群青は妻が撒きし浴劑
地下三階畫廊山川二十坪贋ギュスターヴ・ドレ二十點

ヴェトナムを日本が攻めし可能性ありや金魚の鰭四分五裂

さらしくぢらきりくち海綿状に濡れわれら日々《ひび》たそがれの生前

寒雷枯野をおしうつりつつ祝婚の書簡二通を書き了りけり

初暦厄日《やくび》悪日《あくじつ》くれなゐの印を入れて再《ま》たひらかざる

回轉扉《くわいてんドア》に踵噛まれて入るホテル薔薇宮赤の他人の華燭

甘美なる教育勅語朋友相信ずることを信じゐしとは

復活祭誰をあやめてよみがへるのか葵外科醫院夕闇

銃後十年かの一群をぼくたちは罪業軍人會《ざいごふぐんじんくわい》と呼びゐき

綸言《りんげん》も寝言の二十世紀末それでも桐の花は五月に
罌粟壺に億の罌粟粒ふつふつと憂國のこころざしひるがへす
わが庭に越境したる忍冬の蔓切り刻みつつ大暑なり
黄昏の時代この後も終るなししかおもへれど底紅木槿
離騒《りさう》一篇われもものせむ別れなば文藝のうつり香のかたびら
たとへばロルカたとへばリルケ、李賀、メリメ晩秋の井戸水を呷って
カメラがとらへたる蟷螂《たうらう》の大寫し東條英機忌は一昨日《をとつひ》か
つゆしらぬ間に露しとどあからひく露國がずたずたの神無月

藍の秋袷が似合ふ知命にて命《めい》わすれたるをとこいつぴき

消火器をうすべににぬりなほさむと思ひゐき　秋たちまち過ぎつ

百合鷗には百合の香のあらざればその寂しさをさびしみて死ね

Ⅲ

レオナルド・ダ・ヴィンチの咎に算へむは水仙の香を描き得ざりし事

霰燦燦たる夕街《ゆふまち》をさまよへるこの酔漢の二分の正氣

海鼠《なまこ》一刀兩斷にしてわが才のかぎりを識らむ　知られざらむ

ぬばたまの苦勞すぎたる母の墓に散りくる千萬無量の紅梅

素戔嗚神社神籤《みくじ》の函に　私《わたくし》製《せい》大凶の籤混ぜて歸り來

他人の死歎かむほどの閑《ひま》もなく市長告別式餘花の空

祝電百字そらぞらしくて眼前を緋の羽蟻舞ひ去つたるごとし

花棗いとこはとこにまたいとこみな死にたえてけぶるふるさと

春の終りのあはれつくして米櫃の中を穀象蟲の吶喊

ふるさとは太刀洗とか戰前の一切口を割らず死にたる

銀屛風はたと倒れて醉客のその中に論敵のをさながほ

綠蔭のきらめく闇にめつむれり一死もてむくゆべき國有《も》たず

まみどりの頭《づ》の釘無きや鮮黄の鐵槌《かなづち》無きや朱夏工具店

平和斷念公園のその中央の心字池それなりにゆがみて

われはわれにおくれつつあり麪麭竈《パンがま》に電流奔る夏のあけぼの

銀杏《ぎんなん》は屋根越しに飛び發心集「玄敏僧都逐電ノ事」

水引草《みづひき》の微粒血痕殺されし友らしづかに覺むる墓原

山鳩一羽花そへておくりきたりけりダビ神父殺生をなさるか

秋草のほかなる藜《あかざ》もみぢせりたしか山川呉服店跡

黄落の一日《ひとひ》の暈《かさ》が水の上おほひ　逢はねば逢はぬで濟む

身體髮膚は父母より享けてその他《ほか》の一切は世界からかすめとる

六菖十菊

管弦樂組曲二番ロ短調薔薇なき日々をバッハに溺る

かるがると死におもむきしたれかれのことも忘れてやらむ初雪

吟誦す「蘭 陵《らんりようの》 美酒《びしゆ》鬱金香《うつこんかう》」すきまかぜ縷のごとき書齋に

西部劇久闊敍すと男らが相擁す電流のごとき香

瞬發力われのちひさき怒りなどそのたぐひにて辛夷ひらけり

さきむだちや今朝《こんてう》夢のいやはてに菖蒲《しやうぶ》百本剪つて候

薔薇酒《しやうびしゆ》澱みつつ黴雨《つゆ》明けぬ歴代の羅馬法王すべて醜男《ぶをとこ》

あはれともいふべき人は鼻唄に「金剛石」をみがきはじめつ

友の友の友の初子《うひご》に名づけしは「朴《すなほ》」、花咲くころとおもへど

栄螺《さざえ》のはらわたの濃むらさきとことはに日本の敗戦《まけいくさ》を祝はむ

無敵艦隊沈没のさまこまごまと幼稚園箱庭のわたつみ

核シェルター用地百坪菊畑なれば十日の菊がつゆけし

ニルアドミラリとしいへどわがために一つかみ煤色の冬紅葉

しぐれしぐるる元禄七年神無月《かんなづき》日記の花屋花なかりけむ

春夜なり

二十世紀と言ひしはきのふゆく秋の卓上に梨が腐りつつある

うちつけに戀しきは生　錫色の寒の暇を玻璃越しに見て

若水が食道をすべりおつる音たしかに聴きて今年おそろし

アディスアベバ出身の頸秀でたる麒麟が啖《くら》ひをり茜雲

全紙三回折つてオクターヴォを成すと童女に訓へをり春夜なり

世紀末ゼーロン

玉花驄《ぎよくくわそう》・昭夜白《せうやはく》てふ馬の名を反芻すあたたけき寒夜に

爛れたる焼林檎食《を》す二月盡　他界にはまた他界あるべし

蜘蛛膜のうすべにの蜘蛛しのぶればいろにいでざりけりわが憎悪

誕辰とこころひらめきたちきるは鎭西八郎爲朝百合

ヴァイオリン鋸引きに軍歌《いくさうた》うたひゐし癈兵がいづれは

惑星ありて

空虚なる年のはじめにそのむかしくれなゐの獅子舞がおとづれた

若僧《にやくそう》二人ＴＶ畫面の朝光《あさかげ》にうつぶけり何を犯せしか

テラと呼ぶ惑星ありてイエズスを殺しうたびと吾《あ》を歌はしむ

精靈《しやうりやう》飛蝗《ばつた》群なしうつる芒野《すすきの》に歌ふ「散兵線の花と散れ」

婚後ふたつきまぶたかげりて横轉のさま愛《は》しきやし 響灘關《ひびきなだぜき》

人の下に人を作つて霞ヶ關地下の花屋の常磐君《ときはきみ》が代蘭《よらん》

緋縅《ひをどし》の鎧ひきずるわがこころこの心ふりかへらないでくれ

橘花驒

I

花ふふむ寸前にして左肩ややまばらなる斷崖《きりぎし》の朴

九頭龍川天より瞰《み》ればのがるべきすべなくて北方へ落つるなり

不破の關に吹くはずもなき白南風《しらはえ》が　後京極攝政良經忌日

白牡丹ばさとくづれてわがこころかへらざるかなかへらざるかな

三十階下の花屋の薔薇見むのみ苦しいからえりくびを摑むな

緑蔭に漆黒の影香具師《やし》が賣るにせものの銀細工うつくし

青水無月萩の若枝をばつさりと伐つて殺人の旅に出よう

どくだみ一莖わが枕頭に　吹きかよふ他界の風を愉しまむとす

萬綠の光うするるひとところ墓ありてわれのきのふをうづむ

麻の葉形の座蒲團を出せ五十年前の戰死者がそこにすわる

朝の虹うすれてかなしなにゆゑに衣嚢《かくし》に茗荷谷行き切符
わが誕辰あはれまむとて鱗雲うろこ數萬枚ざわめけり
白雨奔りすぎたるあとに電線が放つあざらけき夜の電流
大前提の戀もあやふしこのときに鳴立てばすべて御破算になる
銀木犀燦燦と零《ふ》り不惑より九十まで四十三萬時間
秋果つる藍の袷の襟立ててこの夜はひとり朗々とあらむ
風の日の「國寶曜變天目展」水洟《みづばな》きりもなくながるるに
かなしめばかなしむほどに花瓣《はなびら》のごとし千町田《ちまちだ》雪の夕映

佛手柑一顆神棚におく佛前に供へなばあやにかなしからむ

甲比丹《カピタン》のカイゼル髭の看板がかたぶきて萱振町の寒風

十二月二十三日祝日の往還にして凍てたる蜱《いとど》

Ⅱ

還らば閻浮提のひんがし戰死者用高層住居ひしめける海

「不待戀《またざるこひ》」の左、拙劣　右、剽竊《へうせつ》　沙汰のかぎりの持《ぢ》と申すべし

カッフェ「維新」店主に「昨日より行方知れず」と傳言願上候

梨花雪白　忌日過ぎつつ殘りたる巨漢哭かむとして怺へをる

芥子の花　眞夜中にメル・ギブソンが赤裸《せきら》でころげまはるTV《テレヴィ》に
泪乏しくなつたりければ母の忌に供ふさくらんぼを露ながら
五月闇ゆゑにわれありわれおもふ馬飼はばその名「金環蝕」
みじかき夏の記憶の底にうつむきて力士高千穗氷菓《ソルベ》啖へり
誕生日なり立秋の寢室を這ひ廻るヴァキューム・クリーナー
緑青の眞夏や左手《ゆんで》もてひらくリルケにラムネほどのすずしさ
大家族和氣靄々の靄の字の本日不快指數百超ゆ
瑠璃色にきらめく朝がきつと來るこころみに歌を斷つてみたまへ

エルサレム陥落に思ひ及ばねど炭と化したる鴫焼の茄子

秋風を左手《ゆんで》の剃刀に受けつ何ぞつきくる花のごときもの

黄蜀葵しづかに炎えてわれのみのかなしみもある釋迢空忌

蠛蠓《まくなぎ》にまばたき百度　日本といふうたかたの國に秋逝く

わが旅のいかにか果てむ汽車にして美濃青墓《あをばか》のあたりを過ぎつ

海苔もておほふしらたまの飯《いひ》明日さへや殘生の何うるはしからむ

橘花驒《きつくわだん》てふ馬ありけらしわが生とその名一つの美こそつりあへ

鸚鵡も耄碌したるかあはれ後朝《きぬぎぬ》のわれらに「今晩は」などとぬかす

一切闕せず焉と白孔雀が砂をついばめり父七十回忌

III

蘆の芽のサラダ一皿ともしびの明石水族館々長に
たまきはる命を愛《を》しめ空征かば星なす屍《かばね》などと言ふなゆめ
うつくしきこの世の涯へ啓蟄の蜥蜴くはへて飛び去る雉子《きぎす》
鎖骨胸骨肋骨つばらかに顯てる男はや棲み手あらぬ鳥籠
散りつつをひたと夜空にとどまりて他生《たしやう》に肖たる今生の花
きつとたれかが墜ちて死ぬからさみどりの草競馬見にゆかむ吾妹子

ボヘミアの巨き玻璃器に亡き父が名づけしよ「シンデレラの溲瓶《しびん》」

花婿候補の辯舌に耳かたむけつ烏龍茶の胡亂《うろん》なるあとあぢ

結婚したいならしてしまへふところにがさりと紙袋《かんぶくろ》のさくらえび

春晝のはらだたしさは砂の上にげに淡淡と紙炎ゆるかな

鵲が腐肉くはへて翔《かけ》り去る遂げざりし惡餘光のごとし

ほととぎす聞くきぬぎぬの騎乘位の最後のかなしみがほとばしる

藹一把提げてよろめくわれはもや身邊の些事絶えて歌はね

世紀末までの十年沙羅の花落ちつづくその數百のかるみ

おのれをにくむこと二十年ゆがみつつ聳《た》てり青水無月の青富士

花もろともに沈《しづ》く百合の木　大梅雨のゆきつく處までは行かねば

この世を夢とおもはずなどとうそぶきて櫻桃《あうたう》熟るる季《とき》を待ちゐき

流連のおもひしきりに飯くらふ朝顔がたそがれまで咲いて

さるすべりわが眩暈《げんうん》のみなもとに機銃掃射の記憶の火花

夏うすらさむき教育委員會幼兒虐殺の案すすまねば

原爆記念日を鳴きとほす寢室の鳩時計狂ふよりほかなくて

貴腐的私生活論

未明沐浴耳まで浸《つか》りみちのくに咲くらむ花をおもふきさらぎ

血紅の燐寸《マッチ》ならべる一箱がころがれり　はたと野戰病院

廣辭苑に「絨毯爆撃」生殘りゐたりけり　さて、さはさりながら

平和論たたかはすこと絶えてなし枯山水に舞ひこむ緋桃

ゴママヨネーズをオマール海老にぬたくつて憲法の日の夕食《ゆふげ》はじまる

烈風にひしめく朴の殘んの花歌は調べのみにはあらず

死場所がいたるところにありしかな退紅の血溜りの二十代

塔頭《たっちゅう》からなまのピアノの音がこぼれ來て紫野大德寺、夏

廢園の大噴水が氣まぐれにしろがねの絕頂感を吐き出す

一茶は「歩いて逃げる螢」を吟じたりわれ憶ふ逃ぐるすべなき螢

茗荷汁さざなみだちて金婚の日は近みつつはるかなるかな

貴腐葡萄酒の香おもたし「私生活」といふ全くの虛構を生きて

鈍才の鈍の彈力じりじりと美男葛を伐りおほせたり

はじかみ香走《かばし》れりわが國の軍隊は代々《よよ》天災のひとつに過ぎず

笹枕旅ゆくときも出奔の足どりとなり　露の木犀

調律師つひにピアノを解體しはじむ　餘命の餘の照り翳り

戰ふべき敵國もなき霜月を寒天色に蘆なびきをり

銀漢とは白髪なびくもののふとおもひて昨日《きそ》をふりさけにけり

四十にしてはじめて惑ふよろこびのエアロビクスの五列目の彼奴《きやつ》

折れ伏して雪をかがふる一群の木賊《とくさ》　知命ののちは手さぐり

敵艦見ユ

喇叭水仙兵士のごとく一列に剪りそろへ　なつかしや鷗外！

辭世にはとほき歌三つ四つ生《あ》れつ晩餐の雉子むしつておかう

春星を百までかぞへつつわれの齢《よはひ》をおもふ　暗しこの星

蟻を潦《にはたづみ》に逐ひつめひらめきし短詩一片「敵艦見ユ」

蓄財は他人事として空腹《すきばら》に胡椒の香する推理小説

夕映が緋の氷《ひ》のごとくにじみ入る寝室なれど子を三人《みたり》生《な》す

五十回忌を修する不幸　瞿麥《なでしこ》のくれなゐ薄れうすれうすれつ

赤銅律

I

三十階空中樓閣より甘き聲す「モスクワが炎えてゐるよ」

一年の冒頭あやふやに消えて海石榴《つばき》ぞ落つるあらがねの土

冷凍庫の宿氷《しゆくひよう》捨てて立春の地よりいささかの春を減ず

すべての妻はマクベスの妻さながらとおもふきさらぎ清しきさらぎ

初蝶《はつてふ》とそれがどうしてわかるのか童貞破らるること三度

珈琲茶碗ロイヤルコペンハーゲンの白骨の冱え　春窮まれり

樗《あふち》の下のきみの屍體を掘りおこし聴かさう「後宮よりの遁走」

逢引のつひに襟飾《ネクタイ》解かずして萬緑の中の一抹の藍

芥子《からし》蒔いてそののち何を待つとなき初夏茫々とボッティチェッリ忌

女體きらり男體ぎらり六月の身の影五尺　この世うるはし
われを注視せり深瞼やや伏せて有鱗目蜥蜴科昔蜥蜴
J二つ耶蘇《ヘスス》と日本《ハポン》おそろしきへだたりに花水木散りはてつ
蘆薈《アロエ》など知らぬと言ひし靑二才今は大審院にゐるとか
かつて憲兵、さう生きるより他知らず緣日の火の色の金魚屋
ジョゼフ・コスマ忌われの誕辰　立秋の初花桔梗弓なりに咲き
銀漢のせせらぎきこゆ人われのありのすさびのゆゆしき昧爽《よあけ》
われにしたがふ稀なる伴侶《とも》の一つにて十月のこゑ細る邯鄲

老殘の鶏頭十四、五本刈つて未知のたれかの死期を早めつ

紅葉《こうえふ》のもと霜月にわれ去《い》なむ反歌さわだち奔りいださば

霜柱七分にして無に歸せり神國大日本はちよろづ

屑屋の荷の隙に見えたるフィリップ短篇集『小さき町にて』待つて！

Ⅱ

日露戰爭再燃、ならば出で立たむ萌黄縅の揚翅蝶《あげは》を連れて

碇町《アンカレツジ》の曇天を背に撮られをりあるいはわが前世が映らむ

カメレオンの舌切りたしとかねてより思ひゐき　昭和、平成となる

二月には二月の光　篁の奥にさし入る　われに戀あれ

朝酒にまぶた染めつつあゆみをりたしかにわれの祖先に女衒《ぜげん》

薇《ぜんまい》の？《疑問符》ばかり寂光院界隈も摩天樓生えはじむ

眠るべからざる黑南風《くろはえ》の夜のくだちひさかたのアメリカン珈琲

茄子紺のケープさやさやわがひとが與へられたるみどりごふたり

屋上苑排水孔に夕映は及ぶ　健康と呼ばるる宿痾

晩花一輪朴は知命のますらをのごとし今年の黴雨《つゆ》ながからむ

風蘭市《ふうらんいち》懸値の婿も七年目値切られつづけつつ不惑なり

汚し來しか汚され來しかくらやみにわかものの胸螢のにほひ

劇畫ゑがかむ白描金彩外濠を快盗ほととぎす小僧翔る圖

夕菅の深夜のかをり今にしておもへば妻のちちはは知らず

ジョバンニとドン・ジョヴァンニが擦れ違ふ水惑星の砂漠の眞央《まなか》

國亡びたりと聞きしはそらみみにあらず雁來紅《かまつか》折れ伏しゐたり

霜月の深夜に聞けば殉國てふことばこそ酢を呷るに似たれ

反轉横轉しつつ筵にひしめけるちりめんざこのこの遺棄屍體

夜半《よは》ぞぬばたまの花なる　その花をうすゆきが隈もなく汚す

ホテル八幡《やはた》のやぶの廊下に火の匂ひこの先に結婚式場がある

織部蕨手の大皿に強飯《こはめし》を盛つてひとりの翡翠婚式

Ⅲ

百貨店家具展示場流刑地のごとし寝椅子《ディヴァン》におのれ沈めて

幾何學的に眞向幹竹割を説くこの青二才愛すべきかな

ぬるま湯に寒天溶くる　百舌鳥《もず》耳原中陵《みみはらなかのみささぎ》　のうへのうきぐも

昭和十九年大寒或る眞晝乾電池かじらむとせしこと

豹は食用ならぬか否か　白桃の罐詰のジャガー印とろりと

銘酒「美少年」横抱きに奔り來る朋ありひりひりと春霰

何年前いづれの國のどの野邊に戰病死せしわれか　花の夜

綠蔭の詩碑三行の一行も讀み得ざるゆゑうるはしきかな

闇中にゐがきて消すは往かざらむ故鄕さかりの鬱金櫻

大蓋木地中の枝根からみあひ惡筆はもののふのあかしぞ

文學の何にかかはり今日一日《ひとひ》ぬかるみに漬かりゐし忍冬《すひかづら》

怨を怒と誤植されたり梅雨の起きぬけの怒髮天を衝くにもあらず

那須百合子刀自の句日記夏に入り亡靈といふ季語に執《しふ》せる

鹽辛蜻蛉すなはち處女に近づけり阿耨多羅三藐三菩提心
秋潮のごとくこころを脱《ぬ》けゆくは征服欲、いな被凌辱欲
アンゴラの外套の裾兩脚に卷きついて知命過ぎの失脚
墓石百基てんでばらばらあきらかに彼らも意思疎通を缺きゐる
餘命はかれるかに屈伸を繰返す白緑《びやくろく》の尺蠖蟲《しやくとり》を誅《ちゆう》せり
自衛艦廚房公開あの紅き腸詰は腐敗寸前である
肝・腎・肺・膵・脾・膀胱、にくづきの月滿ちみちてうつそみ寒し
人に告げざることもおほかた虛構にて鱗《いろこ》きらきら生鰯雲

碧軍派備忘錄三十章

死なねばならぬそのねばねばの蜘蛛手《くもで》なす敗戰近き日の燕子花《かきつばた》

戰爭の入りこむ餘地は百合の木とわれの間《かん》二十米にもある

天竺葵《ゼラニウム》糜爛性毒瓦斯臭の夏、今日まではともかく生きた

犬と殺人者《キラー》は外にゐよてふヨハネ默示錄第二十二章を愛す

廚房は神聖にして蛇口《コック》なるおそろしき凶器が濡れつぱなし

花空木《はなうつぎ》一切に賭けことごとくやぶれて十三階に居直る

根來精神科外來待合室何を待ち何に待たるるわれか

仁王門の仁王三十二、三にて緑蔭の蔭臍《いん》のあたりに
朝顔は紺青《こんじやう》しぼり反政府運動者反省の色無し
虹に謝す妻纏《ま》くときも胸中に七彩の氷菓《ソルベ》戀ひゐしわれを
青田刈すすむ大學キャンパスにたらたらと薔薇色の夕陽が
花描いて一生《ひとよ》娶らず青物商若狹屋仲兵衛長男若冲
智慧熱のそれも二十歳《はたち》を二つ三つ越えたる餓鬼の花柄パジャマ
いつみきとてか戀しかるらむ瑠璃懸巣座の座長醜貌の道化師
われにまさるわれの刺客はあらざるを今朝桔梗《きちかう》のするどき露

戀に落ちるとはどのやうな高みから墮ちるのか　水の上の空蟬
がばと起き出て二十數年前のわが遺書さがしをり奔馬忌近し
茶房「ポチョムキン」裏口に憲兵のひまごとかいふ牛乳屋さん
夕霰千早赤坂わが母の遠縁《とほえん》二、三死に絕ゆるころ
「神の兵士に銃殺される！」ラディゲの末期《まつご》の聲二十歲六箇月
寒牡丹白きはまつてをののけるたまゆらや遠天の雪催ひ
霰溜めてシャーレに溶かす歌人《うたびと》のたれかの死水《しにみづ》に獻ずべく
カフェオーレ啜りレオ・フェレ聽く夏の間歇性平和症候群

幼兒七歳地球儀を朱にぬりつぶしああ世界中日本だらけ
かなしみのきはみにありて鹿煎餅鹿よりかすめくらへり睦月
素戔嗚神社春季例祭香具師十人赤裸の青年が競《せ》られをる
晩年のヴィスコンティのつらがまへ蟷螂に肖て春淺し淺し
鶯宿へむかふ滿月旅行にて伊達の薄著の春風邪あはれ
柿の花落ちつくしたれ右往して左往してわれ定型詩人
私生活直敍體風絕唱を生み得ずて　ひるがへるかきつばた

世紀末美食暦

蠶豆《そらまめ》百莢あすがなければないままにさつと茹であげてくれよ　吾妹

藍の繪皿に虹鱒一尾のけぞれり大東亞戰爭つて何世紀前？

螳螂《たうらう》の卵の泡のふるふると國民不健康保險更新

吾妻鏡「六月乙酉《みなづきいついう》、相模川その流れ血の如し」と注す

ニーチェ忌はわれの母の忌ことしまた熱風が佛壇に吹き入る

除外例ばかりの生に倦み果てて深山薄雪草《エーデルワイス》の黴びたる栞

初霰・初日・初蝶・初陣《はついくさ》・初捕虜・初處刑・初笑

露の國

Ｉ

タルタルソースかけてくらはば玉蜻髣髴《たまかぎるほのか》ににがからむ君が肝

二十世紀なかばに娶り金婚のその金に一抹の銹あはれ

緋文字スプレー落書「紅蓮隊《ぐれんたい》」褪せて今は三人姉妹のパパ

戰後戰後戰後、戰前また戰前、をののきて風中《かざなか》の曼珠沙華

ぬばたまの玄人はだし歌仙巻く第三は「けさ女を捨てて」

侘助の一樹は太郎冠者《たらうくわじや》と呼ばれまつさきに咲きころげおちたり

世紀末まなかひにある花の夜をいくさいくさいくさいくさい

半世紀後にわれあらずきみもなし花のあたりにかすむ翌檜《あすなろ》

夏あさき今日沓脱《くつぬぎ》石に口あいて破落戸《ならずもの》めくあのスニーカー

拝啓時下煉獄の候　わかくさの苦艾《チエルノブイリ》も炎えあがるべく

日清日露日支日獨日日に久米の子らはじかみをくひあきつ

唐招提寺菩提樹の花散るころにとほくとほく來て東司の前

百合刈つて火を放つべし永遠にくすぶりとほす平和のために

われは尸位素餐《しゐそさん》教師にあらざるか白雲木も咲きくたびれつ

さみだれにみだるるみどり原子力發電所は首都の中心に置け
夜顔のひらききつたるたまゆらに見ゆ灰色のそのたたみじわ
にんげんの男子《をのこ》くらひしことなきを憾《うら》みつつけさのあさつき旨し
「聖戰」の記憶は蚤と油蟬、曖昧なる敗北のメッセージ
颱風の耳のあたりがわが家の上空、非短歌的空間戀《こほ》し
聲を殺しおのれを殺しこの秋の果てには論敵を殺さむず
猩猩緋のくるま黑焦げさてここはうちひさす都島消防署

Ⅱ

非國民として吊されうることもあつた紺青の空睨みをり

「紅粉を懷中せよ」と訓へて葉隱はかなし　もののふの淡き頰紅

征露丸　露のロシアの一粒は漆黒にして明日がおそろし

折鶴を水に放てりしんがりの溺死するあの一羽こそわれ

漢和辭典に「荒墟」ありつつ「皇居」無し吾亦紅煤色になびける

白玉の飯に突立てたる箸に刹那寒林の杉の匂ひ

放蕩のすゑの松山、母ひとり待つとし聞けば今から逃《ふ》けむ

熟睡のわれきりきざみ酢で洗ひ寒月光の蜜したたらせ

空港伊丹キオスク脇の屑籠に正體もなきイズベスチア

朱欒《ザボン》割《さ》いてひとふさごとに腑分けして塵芥箱《ごみばこ》に棄つ　ゆふぐれの春

爆撃といふことばさへさくらさく遠山鳥のしだり尾のかげ

やがて死ぬけしきありあり山川《やまがは》をうきつしづみつゆく春の蟬

ポルノ映畫のビラの極彩あめつちのはじめの時の焦げくさきかな

櫻桃を百度《ももたび》うたひおのづから轉生《てんしやう》の機にちかづくらしも

絶交せし男三人《みたり》のそれぞれの名を消し　虎耳草《ゆきのした》散つて夏

七割は蟻がむしばみたる蝶の翅《はね》なほ燦と淨瑠璃寺道

日本死の國　葬《はふ》りの夜半《よは》に黄白の干菓子くひちらして哄笑す

茄子の馬の右に胡瓜の鹿をおく鹿に乘りたまへははそはの母

秋の河ひとすぢの緋の奔れるを見たりき死後こそはわが餘生

鍵四種、書齋・書庫・車庫・私書函と入りみだれ何一つ開きえず

寒卯うすみどり帶び今生に知らさざる戀われにも一つ

Ⅲ

月光しろがねの縷《る》のごとし結婚を墓場と言ひてより四十年

山繭ひそみゐる一枝《ひとえだ》を家苞《いへづと》にくだる金剛山のきさらぎ
玉葉・風雅輪讀會にまからむと辻わたる遠里小野町《をりをのちやう》の旋風《つじかぜ》
半世紀のちも日本は敗戰國ならむ灰色のさくらさきみち
ダリのリトグラフもとめつ物欲にいささかのこころざしを添へて
ほほゑみおのづから湧く姉の愛人の一人こそおとうとの戀人
桐の花いまだ夭《わか》きをよろこびて行かずにすます尿前《しとまへ》の關
父となどなるなゆめゆめ綠蔭に大工ヨセフが肩で息する
亡き父母《ふも》の歌詠みちらすこの不孝《ふけう》あまつかぜ羽曳野のさみだれ

媒酌の恩義にむくゆべく枇杷の一籠獻ずすみやかに腐れ

實母散服《の》みて大僧正殿が誦《ず》したまふ「佛、常にはいまさず」

かみかぜの伊勢撫子をわが家の後架の西に植ゑて七年

柿の花ことごとく朽つラスコーリニコフの刑期幾年なりし

峻下劑として牽牛子《けんごし》用ゐし昔あああをあさきあさがほ

紺青の褌《こん》に緊《し》めつけられつつを青春の切なさのわたつみ

枯山水《こせんずい》のごときわが家か八月は母のしらすな父のとびいし

秋風はさわさわさわと赤貧の赤一すくひたましひの底

二十世紀すでに了りし錯覺に梨畠均《なら》さるるを見てをり
髭面の伯父貴健在支那事變散兵線の花の一片《ひとひら》
なほ生きば死後も記憶にうすべにの旭川第二十七聯隊長
おしてるやなにはともあれ「月光の曲」を聴きつつ青色申告

跋

世紀末の饗《ガ》宴《ラ》

第十九歌集を『魔王』と呼ぶ。ゲーテ：シューベルトの歌曲Der Erlkönigと必ずしも關聯はない。二十一世紀を目前にして、まさに怪・力・亂・神を謳ふべき季の到來と觀《くわん》じて、ひそかに平仄をあはせたまでである。前歌集『黃金律』の跋に私は、短歌、それは負數の自乘によつて創られる鬱然たる「正」のシンボルであると記した。單なる正數的宇宙に浮遊してゐたのは、前衞短歌以前の定型詩であつた。そして負：正逆轉の祕を司る三十一音律詩型こそ、まさに〈魔王〉と呼ぶべきであらう。

所收作品は一九九一年一月から一九九二年十二月までに發表の七百五十餘首中、七百首を選んだ。除外したのは九二年十二月發行「アサヒグラフ」別冊「昭和俳壇・歌壇」揭載の「イタリア紀行」三十首その他である。この二年間も八七年以降の信條は變ることなく一日十首制作を嚴守、七千三百首を歌帖に記しとどめてゐる。

發表誌は私の砦にして宮殿《シャトー》たる「玲瓏」、毎季必ず二十一首三聯の六十三首を揭げ、これだけで八回五百首となる。主題は短歌なる不可解極まる詩型の探求であり、謎の巣窟たる人生と世界への問ひかけであつた。その核に〈戰爭《ラ・ゲール》〉のあることは論をまたない。今日もなほ記憶になまなましい軍國主義と侵略戰爭、今日も世界の到るところに勃り、かつ潛在する殺戮と弑逆。明日以後のいつか必ず、地球は滅びるといふ豫感、その絶望が常に、私の奏でる歌の通奏低音となつて來た。今後もそれは續くだらう。

•翌檜《あすならう》あすはかならず國賊にならうとおもひ　たるのみの過去
「華のあたりの」
•罌粟壺に億の罌粟粒ふつふつと憂國のこころざしひるがへす　「惡友奏鳴曲」
•人の下に人を作つて霞ヶ關地下の花屋の常磐君が代蘭　「惑星ありて」
•建つるなら不忠魂碑を百あまりくれなゐの朴ひらく峠に　「くれなゐの朴」
•血紅の燐寸《マツチ》ならべる一箱がころがれり　はたと野戰病院「貴腐的私生活論」
•薄氷刻一刻と無にかへりつつありわが胸中の戰前　「あらがねの」
•緋目高百匹捨つる暗渠に一刹那あれはあるいは吶喊のこゑ「忘るればこそ」
•どこかで國がひとつつぶるる流言に七月の雨うつくしきかな　「風香調」
＊大丈夫《だいじやうふ》あと絶つたれば群青のそらみつやまとやまひあつし「あらがねの」
＊朴の花殘んの一つ果ててけりわが全身が老いを拒む「バビロンまで何哩？」
＊わけのわからぬ茂吉秀吟百首選りいざ食はむ金色《こんじき》の牡蠣フライ
「黑南風嬉遊曲」
＊われら何をなさざるべきか桐咲いて天の一隅がここからは見えぬ　「悍馬樂」

＊風の芒全身以て一切を拒むといへどただなびくのみ　「火傳書」
＊管弦樂組曲二番ロ短調薔薇なき日々をバッハに溺る　「六菖十菊」
＊銀木犀燦燦と零《ふ》り不惑より九十まで四十三萬時間　「橘花驒」
＊半世紀後にわれあらずきみもなし花のあたりにかすむ翌檜《あすなろ》　「露の國」

自作引用の前半は前記〈ラ・ゲール〉を、後半は〈人生と世界〉をテーマとし、それら兩者が追覆曲風に各章を構成してゐる。年間制作三千六百餘首、採用はその一割、殘るところ九割の三千三百首を闇に葬らうとする時の快感は、時として充實感そのものである。つくり作り創つて後にしか、この法悅に近い自足の念はあるまい。

跋文をしたためつつある臘月下浣、習慣となつた拂曉の散策は、午前四時出發の時も、五時歸著の刻も、まだぬばたまの闇に鎖されてゐる。頰を刺す寒氣は凜乎として芳醇、曉暗の彼方には屹立する〈魔王〉の姿が髣髴、來るべき日の對決を唆すものあり。たとへば「音樂を斷ち睡りを斷つて天來の怒りの言葉迮えつつあり」とは、かかる一瞬一刻に生れる調べである。フランシスコ・カナーロからリヒャルト・ワーグナーまで、私を魅了し續けて來た音樂も、歸宅後の明窓淨机的環境においては、この二年、いつしかバッハに傾くやうになつた。學校からも制作からも解放される〈休暇〉の、黄金の刻々には、時としてバッハに溺れることもある。それは或る時、ふと退嬰に繫る危險な時間でもある。

一九九二年五月十四日木曜日、折からの雨を衝いて、山形縣上山市へ空路罷り越した。第三回「齋藤茂吉短歌文學賞」授與式に列席のためである。第一回は岡井隆氏、第二回は本林勝夫氏、この二回は詮衡委員として、大岡信・扇畑忠雄・近藤芳美・馬場あき子氏らに連なつたが、第十八歌集『黃金律』がこの榮譽の對象となつたことを本懷とする。

殊に同日、北杜夫氏竝びに芳賀徹氏の謦咳に接し得たことは望外の歡びであつた。壇上で北氏から、例外的な推擧の辭を、ねんごろに述べていただいたことも永く記念したい。受賞の因は、『黃金律』もさることながら、文藝春秋版『茂吉秀歌』五卷、五百首三千枚の刊行も與つて力があつたことと推察する。これの執筆を慫慂して下さつた、當時の御擔當、箱根裕泰氏にも、改めて感謝したい。授賞式翌日は、折しも翁草の花ひらく茂吉生家跡から墳墓を巡り、次に最上川を左に見つつ北上、尾花澤から大石田まで、この眼で見る機を得た。ひるがへつて思へば、この經驗を拔きにしてさまざまに茂吉作品を論じたことに忸怩たるものあり、『遠遊』『遍歷』註釋のため西歐を奔走したことは一方におきつつ、藏王山に向つて深く頭を垂れた。雨は半日で霽れ青葉燦然たる日々であつた。

一九九一年八月號から「文學界」に「世紀末花傳書」と題して、創作的評論の連載を始めた。編輯長、重松卓氏の激勵による一種の冒險である。積年蒐集につとめ、執著し續けた主題を披露すべく、東は中・近世の日本の詩歌に關し、西は近・現代の西歐の音樂と映畫に的をおき、舞文曲筆中である。泰西はまづカルメン論から始め三文オペラ＝クルト・ヴァイル論・ジャック・プレヴェール論・家なき子論・バスク地方論・ジャン・ヴィゴ論と續き、本邦は六百番歌合・後鳥羽院隱岐本新古今・西行御裳濯河歌合・式子内親王・右大臣實朝・源三位頼政・千五百番歌合と、自家藥籠の曝涼を試みてゐる。

一九九二年度の歐洲旅行はシエナを南限とする北イタリアと決めて、前年から種々案を練つた。さまざまのテーマ犇く中で、ジェノヴァのパラーツォ・ロッソ、『假面の告白』のモティーフとして聞えたグイド・レニの「サン・セバスティアン殉教圖」を確め、二度目のパドヴァでは、スクロヴェーニ禮拜堂の變貌に驚いた。八七年に來た時は文字通り、「圓形鬪技場《アレーナ》」跡にぽつりと建つた貧寺の趣であつたが、その翌年から工事が進められてゐるらしく、壯麗な伽藍擬きの寺院にさまがはりしつつあり、足場の隙間から、ふたたび「紅の衣を著たる」マグダラのマリアに拜眉。隣りにはジォットー記念館が店開きし、この界隈の入口にはゲーテ植物園が控へ、刮目瞠目仰天を強ひられた。

フェッラーラのスキファノイア宮殿ではフランチェスコ・デル・コッサの「十二個月の間壁畫《ま》」に邂逅、七年前とある誌の圖版に據つて作つた私のテレフォン・カードの、四月競馬の繪に對面した。二度目のシエナでは、第十三歌集『歌人』の裝釘に用ゐられたローレンツェッティの秀作「海邊の都市」のタブローも目のあたりにした。

八月盡に近く、紺碧のマッジョーレ湖畔ストレーザのホテル、デ・ジル・ボロメに陣取つてイゾラ・ベッラ等の島々に遊び、一日《いちじつ》はスイス國境アスコーナのモンテ・ヴェリータを訪ねた。二十世紀初頭から、世界の舞踊家・畫家・詩人・哲學者らが、いはゆる藝術家コロニーを形成した〈聖地〉である。森の中に記念館があり、最盛期を再現してゐた。

ヴェネツィアではリド島のオテル・デ・パンに四泊、ヴィスコンティが映畫「ベニスに死す」の舞臺に使つた場所だが、あの映畫を彩つた紫陽花は消え失せ、ヴェネツィア映畫祭と搗《か》ち合つて、ロビーにはジャンヌ・モローが控へ、J・P・ベルモンドがのし歩き、シャーロット・ランプリングが通り過ぎ、騒々しさの極みで興冷めであつた。

むしろ「寒の夜はいまだあさきに洟《はなみづ》は Winckelmann《ウィンケルマン》のうへにおちたり」(『寒雲』)の、件《くだん》のヴィンケルマン最期の地トリエステと、リルケ『ドゥイノの悲歌』のその歌枕を探してユーゴースラヴィアの國境近くまで赴いたことを收穫に數へたい。また一九八一年七月訪れた際は他出中で觀られなかつたフィレンツェ、ウフィッツィ美術館の象徴とも言ふべきボッティチェッリの『春』とやつと對峙し得たことを特記しておかう。

さまざまのカルチャー・ショックとも呼ぶべき經驗が、私を蘇らせ、かつ生れ變らせてくれる。前衛短歌運動創世記時代からの盟友、その推進者たる諸賢は皆健在であり、常に私を高め、導いてくれる。至福と言ふべきか。七百首といふ既往歌集中の最多數を含むこの一巻は、四半世紀にわたる腹心の友、政田岑生氏が一切を宰領した。深謝する。

一九九二年降誕祭に　　著者

獻身

献身
一九九四年十一月二十六日
湯川書房　A五判　カバー附
丸背　三一二頁

そのかみやまの

音樂を斷ち睡りを斷つて天來の怒りの言葉冱えつつあり

圖面の別莊指であるいて扉《ドア》あけてさてここで「木賊」一さし舞はう

逢はでこの世を過ぐすすがしささはれ戀敵、繪敵、はた歌がたき

海石榴市《つばいち》市《し》など創るなら二十二世紀にでも一度よみがへりたい

冬霞かく平凡に日々を生きてそれゆゑに人はひとを殺す

城砦はすなはち書齋、鷗外とサント・ブーヴが肩觸れて立つ

陸軍記念日！とおほちちはどなつても蜜室の兒ら春風邪の洟《はな》

ほととぎす高音《かうおん》もややかすれつつ式子内親王八百餘歳

白雲木《はくうんぼく》のこずゑかすかに紅を帯び晩年の晩綺羅をつくす

くろがねの香のますらをとしろがねの香の眞處女《まをとめ》と夏いたるべし

掟あまたありける舊き悪しき世がふと戀し　額《がく》の花鉛色

荒星《あらぼし》とはいかなる星ぞ梅雨あけてわが官能はせせらぐごとし

而《しか》うして再《ま》た日本のほろぶるを視む　曼珠沙華畷の火の手

たしかならねば明日は鮮《あたら》し過激派がたむろしてすすりをり氷菓《ソルベ》を

必殺奏鳴曲

I

啓蟄のわれも書齋を出づべくはこのボードレール全集が邪魔

安見兒《やすみこ》を捨てたる歡喜《くわんぎ》ロープもて一塊の氷縛り上げたれ

隙間だらけの寢室に立ち月光のしろがねの縷を身にかがふれり

神國にいくさ百たびますらをは死に死に死んで死後はうたかた

拔歯麻醉高頬《たかほ》におよび五十年前の殺人を口走りさう

風邪の神を愛人としておほはははははなのさかりの八十八歳

おきなぐさ雨になまめき茂吉賞賞金あはれ壹百萬圓

ウッディ・アレンと彼奴《きやつ》が少々肖つつあることも不吉にこの五月晴

手斧《てうな》もて大盞木の頸刎ぬるその羞《やさ》しさを　藤田敏八

そしてたれもゐなくなつてもなほ勃る無人戰爭　向日葵蒼し

久闊敍するトムがジェリーとひしと擁《だ》き合へり疾風《はやて》の麻畠の香

夏風邪三日水洟《みづばな》たらすをりをりもひらめけりヴィンケルマンの最期

萩繚亂ふみしだきつつのちの日のおもひでのためにのみけふを生き

かそかなれども晩夏のけはひデリカテッセンの玻璃戸の蠅縹いろ

白露けふ咽喉《のみど》しきりに痒ければ誦《ず》する軍人勅諭アレグロ

憂國忌いな奔馬忌を修したりつひにもみづることなき海石榴《つばき》

四條烏丸霙に佇ちてランボーの「鴉群《コルボー》」おもふ　氣障《きざ》のきはみ

ありあまるもの冬の茄子、母擬き、狒狒親爺、大義名分戰爭

胃の腑なみうつごときにくしみ　いつの日の戰《いくさ》にも醜《しこ》の御楯になんか

つつしみて四十四年前のわが艷書の草稿を添削す

ハイネの『ハルツ紀行』中斷、肺切つておとうとは二十歳《はたち》未滿の一期《いちご》

Ⅱ

海鼠《なまこ》のみこまむとしてわが終焉のかなたのぞめば冬の霞

雨霞《うか》雨霞《うか》と書きて萬葉假名ならぬ　蝙蝠傘《かうもり》をまたおきわすれ來つ

東京大空襲　鸚鵡二羽爆死してそののちの日誌空白

春霖の印南野《いなみの》あたりこゑもなき一羽一羽のその百千鳥《ももちどり》

若葉の帚草《ははきぐさ》一束は森林太郎への供華《くげ》　匿名の少女らが

ポスターは緋の鯉幟血まみれになつて他界にひるがへれとか

昨日《さくじつ》の花紅かりき志學とふ齡《よはひ》より半世紀ののちも

ヴィスコンティ論半ばにて蠶豆が茹であがり　半死半生の青

碧軍派よりの檄文さみだれの中をとどけり　死後にも死ある

鴨跖草《つきくさ》の縹冱えつつ故山川將八死後も「敵前逃亡」

軍歌みだりがはしそのかみセレベスの闇に抱きし中尉の項《うなじ》

雁來紅《かまつか》に急雨　身をもちくづしつついつしかも紹の喪服が似合ひ

菊膾やけに酸つぱし愛人が飼へるサラーブレッドも退陣

寒雷うるはしきかな銀の閃光に倒さるべきはまづ歌人《うたびと》か

遠來の莫逆の友　まづはとて井水を呷る眞鯉のごとく

たましひ一抹はのこれる蘭鑄を埋葬す　平成やがて傾城

月下の宿帳「アルカンジェリ」と署名してわれは眞珠母色の痰喀く

無疵のたましひここに、在郷軍人會會長長女ヨーガ道場

霰こんこんこん昏睡の蜘蛛膜にくれなゐの鍼刺させい、吾妹

葡萄酒酸つぱしこの青年もいつぱしの殺し屋になるだらうわが死後

最初の遺書書きしは二十歳《はたち》雨に散る紅梅敗戰五個年以前

Ⅲ

剃刀にたまゆらの虹　知命とは致命とどの邊ですれちがふ

颱風死、落雷死、死を數へゐる胸にぷすりと音して戰死

出家と家出の差曖昧　ふるさとは大阪市此花區傳法

時は今日本の末期《まつご》　門川を菖蒲《あやめ》ずたずたになつて落ちゆく
蕨野に靴片方の猩猩緋たれがかどはかしてくれたのか
大盞木竝木を奔り來て凜《さむ》し必殺の美はますらをのもの
薔薇紅茶大杯に注《つ》ぎ晩春のおほちちがドン・キホーテ症候群
バッハに還りついたる五月、夏終るころワーグナーを苛《いぢ》めてみよう
すめらぎのめらめら風になびきつつ紫木蓮三時間にて亡ぶ
桐の花おちつくしたるしづけさと死者が死にきつたる明るさと
緑蔭の卒業寫眞逆光に一人づつ死にのこり七人

銀蠅むらがれるはきのふの秋鯖か飢餓の日より二萬六千日餘

あぢさゐ鉛色に明けたり世紀末までなら日本につきあはう

六月の今日もまだあるあぢさゐと負債と奇才、いつか戰災

百日紅《さるすべり》帶纏《ま》きてさて玄關に出づれば硝煙の殘り香が

老練老熟頌辭たるべき　老酒《ラオチユー》の甘みが舌の根に秋淺し

立つものに夜鷹・年月・向つ腹・怒髮と霜月の霜柱

奴凧こともあらうに臘梅の花群に墜つ　あはれ輪姦

寒の水張つて浴槽のぞきをりさしもしらじな銀河の深み

中也嫌ひにかかはりつつを横隔膜あたりにとどこほれる外郎《ういらう》
蹌踉とかへりついたる書齋には四季咲きの詞華集の森林

アナス・ホリビリス

猪鹿蝶《ゐのしかてふ》しか知らぬ白壽の伯母上に遊ばされつつ虚無の正月
能衣裳たたまれつつを修羅能のうしほのしぶききらめきにけり
戰爭に散りおくれたるますらをが古稀の懸崖菊、銘「飛瀑《ひばく》」
花ひひらぎ　ことしいくさがおこらずばこの緋縅《ひをどし》の鎧は質に
今はにくまずわが手をとつて「突撃！」の型を敎へし美丈夫中尉

晝夜樂

今年戰爭なかりしことも肩すかしめきて臘梅の香の底冷え

ひるがへつて徵兵令の是非の是を念ふ　蜜壺の底の黒蟻

夜咄に參ぜむとして突然に裏くれなゐのマントーが欲し

蟬しぐれ銀をまじへてたばしるや「源實朝性生活論」

二十世紀越えむとしつつたゆたへる春夜わが幻のうつせみ

雨の侘助

ミケランジェロの醜貌をわが唯一のよろこびとして　雨の侘助

間歇的鷗外熱の氣配ありキャンパスのヰタ・セクスアリスちゃん

「死罪々々」と書簡末尾にしたためし詩人よ　しろがねの青葉寒《あをばざむ》

刹那刹那に現在は過去まふたつにされし西瓜の鋼《はがね》のにほひ

蠻年と言はばたのしくあやふきを深夜しろたへに散る百日紅《さるすべり》

ボッティチェッリをボッティチェルリと表記せる美術書に霜月の蒼蠅《さうよう》

シラノ・ド・ベルジュラックの意氣地　されど夜《よ》の霙に羽ばたけり丹頂《たんちやう》鶴が

紅茶「アールグレイ」呷つてあるとしもあらぬ藝術的色欲を

苦艾遁走曲

I

われにもなほ行手はありて初蝶がとまる疾風《しつぷう》の上にとまる

沈淪の半世紀前一瞬に蘇り　さつと雛を流す

燈を消せばはや不穏なる雛壇に官女うかがふ鬢の隨身《ずいじん》

金縷梅《まんさく》満開わがふるさとに同姓が百軒あつて没落寸前

夕月が濡縁の下までさしてわが殘年の青春を照らす

人を憎みつつ愛しつつ宥しつつ車折《くるまざき》神社前の春泥

神天《そら》にしらしたまはず蜜蜂が壜の蜂蜜の底に溺れて
色欲の周邊かすみつつあるを曉《あけ》のくりやにころがるキーウィ
春爛漫たりけりけさは火事跡の燠《おき》をひたしてうつくしき水
蠶豆の一つかみそらいろに茹であたらしき戰爭の備へに
澁谷區の澁にあくがれつつあゆむわが官能たとふれば晩春
白南風《しらはえ》が射干《ひあふぎ》の邊をすりぬけつなにもかもあとの祭とならむ
別れてのちの晝の無聊と夜の無爲知らざりしかな　朴の花に雨
若楓なびかふ中に逢ひ遂げてカフスに一抹の碧《あを》のこす

ジャコメッティとコクトー實の兄弟《はらから》のごとく肖つつを連夜春雷

三十三階を飛び出したちばなの蔭踏む街へ戀をさがしに

綠蔭の刺身蒟蒻黑文字につきさして世をなげくにもあらず

白雲木は花の白雲ふふみたりわれをやどさしめて父は死者

花桐の香の滿月をたまひけり死後千日の父の父より

キェルケゴールの何をか識らむ春の蚊が眞晝最弱音《ピアニシモ》のすすりなき

忍冬咲けば咲くとてむかしかへりみつおそろしやわが總領不惑

苧環の花のをはりを告ぐべくも死にたまふべき母が不在

飾磨町しかとわからぬ仕舞屋《しもたや》の格子の奥に越し申候
金輪際カフカが知らざりしことの一つに多分ミッキーマウス
昨日《きぞ》を殺して今日こそ生きめはなびらに波瀾ふくみて大盞木は

Ⅱ

緑蔭は黒蔭がちに殘年のこころ餘命に刃向ふこころ
男同士は女敵《めがたき》同士わらわらと夜半《やはん》の菖蒲池に突風
深夜喫茶の深夜過ぎたる路地奥に今日の露草がもう咲いてゐた
緑青の梅雨あかときに聲ありて「軍人ハ背信ヲ本分トスヘシ」

みなづきの風に煽られつつ潔しポルノのうすみどりの後朝《きぬぎぬ》

宿敵の美髯の微笑思はじとすれど思ほゆ沛然と梅雨

八卦見の伯母みまかつてわが未來突如晦《くら》めり楊梅《やまもも》青し

われの革命前夜おそらく命終の前夜　ダリア畠が全滅

大菩薩峠行かねば行かぬままわすれつつ朴の花も朽ち果つ

梅雨ふかくしてあさかりき方丈の沓脱石《くつぬぎ》に靴のからくれなゐ

青無花果、反革命、反・反革命、六腑またけく熟れにけらしも

煮細りの笹竹の子の灰緑をつつきちらして死後もはらから

眞夏、男山に男ゐざりける八幡市やはたと途方にくれつ

七彩の巷の夏に人間てふ家畜のためのハンバーガーショップ

薩摩上布の裾はためきて八十を過ぎたる祖父の女出入

うたごころやうやくに濃き香をはなち七月七日梅酒封印

水蜜桃すぐにつひゆる文月の幼稚園々児らのためのタンカ

お子様ランチ甜瓜《メロン》一粍《ミリ》角の脇にはためけりどこの國の弔旗か

惡七兵衛景清の墓薔薇色の雲の下にて汗しとどなり

死とは言ひあへずしたたる濃紺のタオル絞れるだけ絞つても

われを過《よぎ》りたる百人は掏摸・スパイ・憲兵・在郷軍人會長……

「ランボー不感症」の七字は見消《みせけち》にして茂吉論脱稿近し

新聞四《よ》つにたためば文部大臣の顔がぶつりと葉月盡なり

空間不足のため賣り拂ふ書が二千冊『虚子俳話』他

塋域に白雨　山川呉服店累代の墓碑何ぞしたたる

Ⅲ

朦朧はいかなるかたちならむなどと思ひをり露の茄子が捥がれつ

風が鼻梁を削《そ》いで過ぎたり「誰捨てて扇の繪野の花盡し」とよ

雁來紅を「かりそめのくちべに」と訓みその翌日《あくるひ》より支那事變

秋茄子の種茄子となるプロセスを詳述せむに　畠ちがひ

飼犬百合若逝いて九年家中《いへぢゆう》のどこにも彼の肖像がない

いづくただよふ越南《ヴエトナム》以後とかの苦艾《チエルノブイリ》以前の死者のぬけがら

鷄頭百本群れゐるあたりおそろしき明治のにほひよどめるなり

黑白《こくびやく》はつけがたきこの情勢のそれならそれで右翼は眞紅

白壽げにはるかなるかな白露けふ四圍のすべての命響かふ

格子の中の金剛力士つゆの世の露をそのくちびるにうけよ

父の初戀母ならざりき一餐を報いもあへず夜のピラカンサ

秋の水陽炎《みづかげろふ》かいくぐり老殘の歌人《うたびと》一人發光せり

正法眼藏、正法眼藏、わがためになびかふうすずみの露葎

婿は嫁より舅ごのみの秀衡椀蓋に滿天の露ちりばめて

志學などたれのたはごとわが妹《いも》と藺草のにほひたつ青疊

をがたまの樹下に逢引絕えざるは秋も終りの素戔嗚神社

芒、花よりうつくしけれど戀敵彼奴《きやつ》を誅してさてそののちは

獻體のその左手はチェロの弦愛しつづけて三十五年

世紀末世紀末とて三歳の女童《めわらは》に買ふ鮮紅の靴

翡翠原礦ありとは知れず知らざれどわれ山に向ひて目を上ぐ

横丁の焼肉「貘」のあたりからこの街の砂漠化がはじまる

馬齢加へつつあり夜の驟雨浴室《シヤワーしつ》出でてこのまま戰爭に行かう

パライソ麪麭店《パンてん》の貼紙「永遠に賣切・酸味パイのパイのパイ」

天上天下唯我獨卑とくれなゐの燐寸《マッチ》する闇さらに濃くなれ

遣新羅使の一人はその名「六鯖」てふ恐らくは遂に還り來ざりし

Ⅳ

なかば徒労に果つる壮年その果てに師走手裏剣のごとき凩

おそるおそる生き敢然と果てたりき樽にたぷたぷゆれつつ海鼠《なまこ》

寒の渉禽園に皆目名を知らぬ鳥がわれ無視してさへづれり

帝釋鴫《たいしやくしぎ》水をついばみたまきはるいのちは寒に炎えつつあらむ

一月一日の生駒山ちかぢかと視つその額のあたりの創《きず》を

寒旱三日まひるの揚雲雀はらわた透きとほりつつ墜つる

華燭まで堪へよますらを雪の上に犬さへ伏せの姿勢で待つ

鯣《するめ》くらふ皓齒するどし雪を來て貴様もブルータスの末裔

群青の二月、一列横隊の少女ら右翼よりくづれたり

アイスヴァイン呷つてしまし二月《きさらぎ》のはらわたのラビリンス明るむ

しろがねの霜の篠原司馬遷を戀ふる魂魄しびるるばかり

竹林を刹那通過す立春の頬赤き長距離運轉手

「興亞奉公日」の一日を詠じたる茂吉　うすずみ色の紅葉

榮耀に離婚を想ふ春の雪甍をすべりおつる一瞬

マラソンの脚の小林《をばやし》そのむかし安壽は膝の皿を割られき

割烹「海石榴《つばき》」罷り出づるや冷々と海老責めの海老織部の皿に
はるかなる高層とある寝室が掃かれをり掃く人は見えず
妻問ひの心の空は紺青のいささか寂びて今日希臘《ギリシア》晴《ば》れ
空腹のすがすがしさに繙くは荘子「逍遙遊篇」大魚の話
一粁先の白粥の香がみぞおちをくすぐる　色卽是空のあはれ
椿弟子、牡丹弟子、アマリリス弟子皆病み伏して今年の追儺《ついな》
昨日《きぞ》の葬りに見し妙齢を跨線橋上にふたたび見つ二月盡
友をえらばば金剛夜叉王ただ一人その逆髪ぞわが露拂ひ

梁塵祕抄?·いなとよあれは葬儀屋の試驗放送「明日も亦雨」
林檎の皮一メートルに剝き垂らすこれもこの世のほかの想ひ出

眺めてけりな

身體髮膚しきりに凜《さむ》しわれは子に一閃の憤怒のみを傳へむ
エミール・ガレ蜻蛉文《かげろふもん》の痰壺が糶《せ》られをりさがれさがれ下郎ら
紅梅黑し國賊のその一匹がみんごと生きのびてここに存る
うるはしき間投詞たち　あいや、うぬ、いざや、なむさん、すは、されば、そよ
「身共は薑《はじかみ》賣りぢやによつてからからと笑うて去《い》なう」若月《みかづき》蒼し

戰爭を鎭めるかはた創めるか、さてその前にグレコを聽かむ
たまかぎる言はぬが花のそのむかし大日本は神國なり・き

赤貧わらふごとし

嬰兒用防毒マスクと霞草ならぶ飾窓が明日《あす》あたり
堺市鳳《おほとり》の踏切に初蝶が百頭あらはるてふＣＭ
顏眞卿の楷書のごとくあゆみいづ二十六歳チェンバロ奏者
女王陛下萬歳二唱はるかなる火中のピアノ燠《おき》となるころ
猩紅熱その病名にあくがれていとけなかりき　死病は何か

寝釋迦の肢ゆるく波うち春晝のたまゆらやきぬぎぬの愁ひ

曉の椿事ファクシミリは「君を愛」にて斷れて「す」か「しない」のか

今日はすなはち明日のなきがらほととぎす聽きし聽きたる聽かむ死ののち

海豹《あざらし》なつかしわれに春晝《あぶなゑ》たまひける香潔上人に生き寫し

情死には全《また》く無緣の壯年を生きたるさびしさの花楓《はなかへで》

精神の群青層をほほゑみのすきまに見せて坂井修一

光陰の陰のみがわが半生にめぐりつつさむき菖蒲の節句

男梅雨《をとこづゆ》後架の前の大梔子《おほくちなし》一樹をほろぼして過ぎたりな

「紅旗」と「アカハタ」の相違をまをとめに說きつつ世紀末のさみだれ
晩年の河骨の骨水中に鮮黄の花やどしつつあらむ
水無月《みなづき》祓《ばらへ》切りに切つたる麻の葉に慄然とマリファーナの香り
赤貧わらふごとしといへり戀ふらくは洗ひつさらししろたへの褌《こん》
第三次亞細亞大戰體驗者會議に列しをり　夢の夏至
芍藥四散　われみづからを敗戰のその日に引きすゑてののしらむ
ゲルニカ變、あれしきのこと原爆忌以前われらの屛風繪の四季

父を超ゆ

藪椿はじめの一花《いちげ》落ちむとす一樹一瞬固唾《かたづ》を嚥《の》んで
父を超えたりと憶ひて慄然たり死後の父何を究《きは》めしか知らず
青芒《あをすすき》　絶交以後も刎頸《ふんけい》の友が七人すずしきたましひ
雁もカンガルーも彼女も彼岸への途中を初夏《はつなつ》のいそぎあし
雨脚急《きふ》　ゆくさきざきも曖昧至極の日本のいづくに急ぐ

鸚哥的世紀末論

斜《はす》にわが頰殺《そ》ぎたり疾風《はやて》　バイカル湖岸の英靈らは健在か
ささなみのしがなき歌人にさぶらへど蓮田に靡く花數百本《すひやつぽん》

虐殺につゆかかはりはあらざれど南京櫨《なんきんはぜ》の實の瑠璃まみれ

筑紫へ征くなかれ若麻績部羊《わかをみべのひつじ》　われとわかくさの邊《へ》にわななかむ

まないたに山國の蝶一頭すゑ兩斷、明日あたり虚子忌なり

失語症候群いちじるきそらいろの鸚哥《いんこ》とわたくしの世紀末

落鮎のおちゆくさきはさておいて飯啖《くら》へ　B69がちかづく

初心に還るべからず

蓴菜《じゅんさい》食道をすべりおち未入手の『萬葉集表記別類句索引』

できることなら玉音をビア樽のパヴァロッティに聴かせてやりたい

ファジー洗濯機「人麿」、しろたへの經帷子《きやうかたびら》を蒼白に染む

豪雨一過木賊《とくさ》がしのぎけづりをり　わがひとに與へられざる誄歌《るいか》

神父不犯《ふぼん》の戒など無根　蒟蒻《こんにやく》の花ぬばたまの黑そそりたつ

男の中の漢《をとこ》なりしが七月の製氷室に入りて還らず

月山《ぐわつさん》のうらがはに人老ゆるなり老いずてふ文《ふみ》來しは水無月

青蕃椒《あをたうがらし》のろのろ赤化するさまを横目に見つつ連日無聊《ぶれう》

零落のそもそもはウィリアム・モリス装の『失樂園』失せて以後

獵銃の鐵のにほひが性的《セクシー》とささやけり刎頸《ふんけい》の女敵《めがたき》

夜の茅蜩《かなかな》香具師《やし》兄弟のおとうとがくちずさむ「緑の袖《グリーン・スリーヴス》」あはれ

ちちうへはおとろへはてて女狐《めぎつね》の剃刀《かみそり》で鬣《たてがみ》を剃られゐる

白露ああ五右衛門風呂の浮蓋《うきぶた》を踏みそこなひて溺るる父よ

夕蟬《ゆふせみ》のいまはちかづく蟬しぐれ地球《テラ》のいまはに一歩先んじ

枯原をかへらむこころ渇きつつ突然に戀し荷田《かだ》春滿《あづままろ》

初霜のこの雲母《きら》引《び》きの柊をエイズ末期のきみが插頭《かざし》に

うひうひしき樽柿が樽出でむとすわが大君に召されしや否

「蟬丸」を観てかへり來しわが家には逆髪《さかがみ》が獨り海鼠《なまこ》刻める

妻が待つことば知らえず淡雪《あはゆき》と沫雪《あわゆき》の差の言ひがたきかな

凍蝶《いててふ》一つかみ掃き出して銀婚式以後の後朝《きぬぎぬ》をかへりみむとす

一日に診《み》る眼百とか　眼科醫の卵のきみが食ふ寒卵

火よ霰《あられ》よ雪よ霧よと詩篇には謳《うた》ふ　うたつただけで濟むなら

初釜《はつがま》の老女百人いまさらに煮湯飲まされつつ寒椿

よよと泣きくづるる吾妹《わぎも》一人欲し二月のやまと蛇穴村《さらぎむら》、雨

命を落す？すぐに拾はばきさらぎの朱欒《ザボン》のごとく香りたつべし

春雷の刹那そらそらそらみつ大和の崩壞を見てしまふ

風邪の神三月四月《やよひうづき》とゐすわれどわが辭世待ちゐるにもあらず
必ず初心に還るべからず　大盞木《たいさんぼく》初花も一晝夜のいのち

ブルガリア舞曲

I

防人《さきもり》候補精神鑑定「資格ナシ」長押の竹槍を緋に塗らむ
春の蚊が蚊の鳴くやうな聲で鳴きイラクいまごろ暗き眞晝か
惑星火災保険會社に職を得て明日水星へ放火に赴任
春塵にくもる水晶體われの視野は殿下も閣下も容れぬ

見《まみ》ゆべく見《み》えざりしものうらうらと醍醐三寶院酉《とり》の刻

金輪際ゆづる氣はなし糶市《せりいち》の贋レオナルド「ユダ拷問圖」

餘花うすらさむし三百年先の完璧無比の平和おそろし

白虎隊隊員某といささかは緣ある大伯父の腹上死

屋上苑溲瓶《しびん》葛《かづら》の花いまだをさなくて戀人がさにづらふ

鯉幟くたびれはててヴェランダに　その下に三十歳の老人

バルトーク「六つのブルガリア舞曲」ぶつた切る父といふ無賴漢

天皇機關說より六十年經つつ花粉症候群氣管支炎

近き未來に何を弑する少年の校服の綠青がむらむら
「かんふらんはるたいてん」と人謳ふ天國にも革命が勃れるに
嘘發見機の反應さへもマイナスのわれが「わがひとに與ふる哀歌」
もののふの耶蘇敎嫌ひ沙羅三十數本植ゑてひとりこもれる
中古車センター夜間救急センターと竝びさみだれつづきの鯖江
キーウィ冷藏庫にて蝕みアレグロに畢るロックとファックの時代
到頭糖尿病にかかつてお父樣エイズの方が洒落てゐるのに
殺し方數ある中に秋櫻家祕傳、歌人《うたびと》の飼殺し

樗《あふち》散る四條畷に半世紀前の未歸還兵を待つ會

Ⅱ

あかがねいろの油蟬わが背後にて歔欷《すすりな》き刹那「朕惟フニ」

稚き兵卒なりきブーゲンヴィル島にて筏葛《ブーゲンヴィレア》にうもれて果てき

敗戰忌氣がついたころ舊友の三人がうすずみのサングラス

亂礁を跳ぶ漁夫而立二メートル若月弦多人魚娶らむ

赤子《せきし》と赤子《あかご》の差も曖昧に敗戰を閱《けみ》しき　曼珠沙華の火の海

馬に「カフカ」の名を與へむと馬市にまかり買ひそこなふ花芒

螢一匹死んで六匹奄々として蟲の息、われの晩秋

殊に「美少年」をえらびて祖父《おほちち》は酔ひたまふ薄紅葉明るし

下駄箱のおきどころまださだまらず空中樓閣の十二階

銀の薄　能登の宿りの曇天に吾妹《わぎも》をおもひつつ秋の風邪

ベートーヴェン嫌ひ昂じて傘置きの五番避け九番は「故障中」

背もて鎖《さ》す檜のとびら　かぎろひの寒氣が颯とカルヴァドスの香

男は笑ふ勿れとわれを銀煙管もて打ちしおほははよ、霜月

氷雨の維納《ウィーン》幻想派展　入口に美髯の守衛ふるへつつあり

寒夜鬚がしづかにのびる刻一刻指揮者セザール死後二日經つ

素心臘梅そしらぬふりで戰爭がすでに火星に飛火したとか

沫雪《あわゆき》ひたひにうけて奔れどこのゆふべ女敵《めがたき》討ちに赴《ゆ》くにもあらず

常陸國《ひたちのくに》風土記《ふどき》に曰く鶴ありて「颯《さや》げる松颸《まつかぜ》の吟《うた》ふ處」

大佛殿その後方にきさらぎの寒氣歡喜《くわんぎ》のごとくよどみて

射撃祭その前日の射的屋に寒卵撃つレジナルド・ウィンチ氏

元近衞歩兵第一聯隊旗手喜連川《きつれがは》百歳にて緑內障《そこひ》

魚市場つぎに糶《せ》らるる太刀魚の一群立上る氣配あり

Ⅲ

あさつては明日の私生兒　安部公房追悼會の供華《くげ》ピラカンサ

晩餐の卓に濃霧がたちこめて待て！これは糜爛性ガスのにほひ

二十一世紀のガザへ買物に　火鼠のかはごろもがほしい

猫の名を「薬子《くすこ》」と決めて五分間のちに流涕《りうてい》するははうへよ

朝鮮朝顏のなまりいろ白狀しなければきみも童貞ぢやない

今宵こそと言ひき刺さうか焙らうか敗戰忌晩餐の鮎三尾

花を撒けどくだみの花梅雨の夜に健脚の父が還る他界へ

をさなごが立夏の地《つち》にまきちらすいくさの種のああ征露丸
深山薄雪草《エーデルワイス》逃場がこんなところにもあれば遁世を考へてみる
ラムネ壜綠蔭色の胴體を握りしめつつ潰すごとし
眞紅のショヴェル砂にまみれて蠢けりへロデ大王が通過されたか
胸に載る紙風船のあるかなき重み　彗星へゆくゆめさめつ
脚を洗ひまなこを洗ひさてたれと寢《い》ねむ江口のゆきずりの宿
蠅叩き叩くべき蠅死に絶えてその柄《え》にちりばむる螺鈿など
艷書三百通を大金庫に封ずこの薔薇色の干物《ひもの》ぞ遺產

新月のその纖月のうつすらとしろがねの味　逢へば終りか

橡の花時は暗きかな大伯父の羅切體驗眞に迫れる

朝顏百鉢あんな遺產を相續するくらゐなら朝が來ぬやうにする

夜の花鋪扉《ドア》の硝子の曇れるは花々の斷末魔の呼吸

鳳仙花種子とびはぜつ今言はば兄はたたかはずして戰死者

腐敗寸前の白桃一籠が隣室に　わが誕生日なり

離騷變相曲

寒のプールの紺のささなみ　昭和てふ凶變の日々見えつかくれつ

鹽斷ちの妻に代りて讀みふける死海に屍體しづむスリラー
平和戰爭　今日冱えかへる立春の扉《ドア》の隙間に刺さる新聞
春泥百粁先までつづくあさもよし「鬼畜米英」わすれはつれど
感動のかけらは犬のブルトンに食はせてインドシナの支援に
蟇《がま》のごとき鞄どさりと置き去りに四十鰥夫《やもを》のイースターホリデイ
高千穂印の鋸《のこ》で手を切つたからもう狼もおほみかみも怖《こは》くない
蟻地獄よりのがれたる女王蟻蹌踉とわが眼下を過ぎつ
心搏潮騒のごとしも屈原をこよひ招いて愛してやらう

故人は舊き友の意にして死者にしてああ淺葱《あさぎ》褪せ果てし朝貌

蜘蛛膜下にひそめるものは未發布の明日の「教育に反する勅語」

メイプルソープを使つて風呂に一時間たつぷりむらぎものもみ洗ひ

獻血のわが血は碧《みどり》、人間にわかつなど滅相もござらぬ

寒昴三つ四つ五つむつかしく言はず尊嚴死を認めては？

凍酪《ジエラート》のしづくもて卓上に書く大嘘「われ旅を栖《すみか》とす」

酸鼻と讃美のあはひを颯《さつ》と皇帝がすりぬけたまひけり　世紀末

金冠蝕

まざまざとおのれのきのふ野分經て曼珠沙華總倒れのくれなゐ

鯉くらひつつ勃然と顯《た》ちくるは月光菩薩の厚きくちびる

冬きたりなばさらに貧寒　朝餐《てうさん》の杉箸が口中にかをりて

鮮血の色のジャケツにわがこころいよよおとろへつつ冬も末

あたたかき寒の夕雨喜多ピアノ店廢業の口上濡るる

口が裂けたら喋つてやらうたましひの虐殺は南京でも難波でも

こころざしなどたましひの他なればうまし鉛色の生牡蠣が

飛ぶ鳥のあすか少女《をとめ》が弓持つて武者ぶるひせり帯解《おびとけ》の驛

辛夷一樹地上六、七米に男またがりゐて空を伐る

もののけと棲みかはれるか母の間《ま》にはたと音とだえて春三日

男同士がつひに同志になりえずて山椒の香のつひの晩餐

「エホバの證人」よりも昨日の轢き逃げの證人が欲し梔子《くちなし》の辻

花見小路の雷雨を衝いて奔り去る郵便夫自轉車をわしづかみ

熊野詣繪巻波うつ板の間の外れ　突然黑潮の香が

父の日のチキンライスの頂上に漆黑の日章旗はためき

葱花輦奏鳴曲

I

烏賊の墨和へ舌刺す朝ぞジャン・ニコラ・アルチュール・ランボー百年忌

月光菩薩が胸はだけますますまひるまのくらやみをわれは視姦せり

菊膾刻みそこねてひとり身の父に血潮の香の朝がれひ

ねがはくは鎖骨微塵に　夕映を擔架にはこび出ださるるラガー

林立する作品群のどれよりも造花みづみづしきピカソ展

征き征きて何の神軍　神ならばのめのめと生きて還りたまへ

神祇歌が戀歌よりもたをやかに石見の二日市、六日市

人より馬に近き漢《をとこ》と思ひゐし四夷君が處女詩集を出した
煤掃きに掃き餘したる一抱へ歌反故にひらめけりしは何
食滯の霜月過ぎていざけふは深草へ鶉を食ひに行かう
「柳巷花街にのみうかくと日費《ひをつひやし》候」と蕪村は書けり天晴
生にかかはる大事の他に出刃庖丁もて餅の青黴を剝《む》くこと
車折《くるまざき》の辻、二分ほど屎尿車に蹤きつつこころざしのおとろへ
涅槃西風《ねはんにし》くびすぢに吹き眞晝さへ靈長類の靈おぼろなり
まをとめのなれがしりへにさざなみの流水算のかへらざる水

金を少々貸したるえにし三月の霜よりうすらさむき壹岐君

エロスさざなみだてり五月の余呉湖には蓴菜の水面下の花季

ますらをとなるべきものの初節句緋鯉など天に放つべからず

ここにかすかに生くるものあるあかしとて萬綠を發つ銀蠅一匹

憲法記念日と聞きゐしが肉色のシャボンが逃げ廻るバスルーム

ギリシァ語の闘士《パリカリ》、なぜか乾麪麭《かんパン》を水無しでかじりつつある姿

Ⅱ

嘔吐催すほどならねども大嫌ひウッディ・アレン、海鞘《ほや》、花蘇枋《はなずはう》

沓下の片方失せつ　萬葉集難訓歌誤記の確率なきや

花杏　案ずるよりも生むことをすすめをりリチャード・ギア擬きが

晩年の歎き告げむに會へばまた獨活《うど》の木の芽和へに世を忘る

勿忘草の群落に落つ　忽然と自轉車、おのづからころぶくるま

専門用語《ジャーゴン》づくめの會議脱《ぬ》けきて卯の花の匂ふ垣根に聞く杜鵑《ほととぎす》

脱獄囚なりや昧爽《よあけ》の走廊にすれちがふ楊梅《やまもも》の口臭

前頭葉くづれつつあれども今朝はマロン・グラッセのグラスが旨し

伐採夫杉の梢に大音聲「崑崙のやうな雲が見える、見える！」

葛原女史、ブイヨンをヴィヨンと書きたまひ窈窕と他界よりの微笑《ほほゑみ》

總領の向腿《むかもも》の傷見つけたり無月の宴のしたたる朱椀

生れ出でたる吾子こそ火星人にしてひとみもてのひらも淡綠《うすみどり》

晝夜帶ただ一本のかたみわけ花野に吾亦紅をれふして

オシュビエンチムは何處方《いづかた》　ヒトラーの體臭麤皮《あらかは》の如かりしとか

ニューオーリンズの町名《まちな》「曖昧」實在をたしかめて神無月芳し

おほちちのほほゑみ昏し胸中にはためく大寒の軍艦旗

今朝もサッカー少年が誦《ず》すヒトミゴロ見殺しにして明日も捷ち拔け

定冠詞つきのラ・フランスは梨に非ずル・ジャポンのおもひもの

斜《はす》に月光うけたりければ雪の上の處女《をとめ》が引ける巨人の影

異變なきわが家と凶變の世界その間《かん》に火のごとし寒氣は

若草の春すぎてのちみつみつし久米欽策が戀を告げきつ

Ⅲ

花冷えの今朝の發想みづみづし贋作「ミケランジェロ艶書展」

平和恐怖症候群の初期過ぎて今宵蠛蠓《まくなぎ》の群に吶喊

十指の爪の痕あるそびら戀といふ戀のかぎりをさむきききぬぎぬ

夕映にきりりと左上りなる眉の男雛の素性あやふや

むらさきのにほひといへど褪せつつを不惑越えたる額田王

朴の花も過ぎていくさの氣配無ししからばまたの敗戰を待て

西方淨土、東方の穢土《ゑど》、この夏も沙羅ひらく下京區悪王子町

「なかりせば」などと歌ひき酷熱のある日慄然と櫻をおもふ

敗戰を終戰といひつくろひて半世紀底冷えの八月

「ルイセンコ」てふ菓子店に行きそびれつつ夏季休暇儚く過ぎし

材木店檜丸太の尖端に空蟬ひつかかり　文月盡

さかりの百日紅《さるすべり》のかなた血まみれに日本が殺されるのを見た

今日歌はねば歌はねば茴香が背丈に伸びて流竄《るざん》のごとし

秋風のヴェネツィアに來て一心に後架を探す　瑠璃の潮騒

自然薯畑の珍《うづ》の初霜今朝やけさ落ちゐたり父の腕《かひな》一本

なびく總髪もどきフォワグラついばみて神國日本などつゆ知らず

酒場「葱花輦」にむらがる無宿者一人はキェルケゴールに殉じ

大學祭地下への階のゆきずりにさつとにほひて柔道の胸

對人恐怖症重《おも》りつつそれはそれとして「くらげ」てふ人名ありや

吾妹子のイタリア靴のあやふさは無量光壽寺前のぬかるみ
くろがねの蟬のしかばね蹴とばして海石榴《つば》市童子《いちどうじ》夏畢るなり

李百

わが身中のくらやみにしてくれなゐの鬣の獅子うなだれゐるか
禁煙車にて平然と禁を犯す置き去り廢車秋のゆふぐれ
李白、李百と誤植されをり爛漫のまひるをまぼろしにこの餘寒
心中《しんちゆう》と心中《しんぢゆう》の極くわづかなる差を論じ餘花の一夜をあかす
露草の腊花《さくくわ》にほひて眞夜中の映畫の底のリリアン・ギッシュ

花のあたりの

父となるべしかなしき父にたたなづく青垣が酸性雨にほろぶ前

翌檜《あすなろ》一樹伐りたふさるる一刹那こゑありき「おほきみのへにこそ死なめ」

寫生ひとすぢなどてふ嘘もぬけぬけと迦陵頻伽のたまごのフライ

朱欒《ザボン》ころがる四月の卓にシュールサンボリスム論じてすでにたそがれ

黑南風《くろはえ》がくれなゐに吹く幻想を一日たのしむ　憲法の日ぞ

若きゲリラの一人なりしがチャイコフスキーに溺れてその後は知らず

歌よりほかに知る人もなし男童《をわらは》の菖蒲の太刀に斬られてやらう

昨日《きそ》も滅びざりし世界を嘉《よみ》しつつ今日の餘白に讀む擧白集《きよはくしふ》
卵食ふ時も口ひらかず再度ヒロシマひろびろと灰まみれ
紀伊國《きのくに》の翌檜林野分して花よりもさぶしきものほろぶ
近影拜送日佛戰爭死者百人後列の空白《ブランク》が小生
われを思ひややありてのちわれありき瑠璃天牛《るりかみきり》が凍てつつうごく
死語としてかつ詩語として「青雲のこころざし」ほろにがき燒目刺
美丈夫の玉に瑕《きず》ありくすぶれる雲雀《ラーク》の屍體斜《はす》にくはへて

不犯傳說

那須野ならざる次元に霰たばしれり世紀末的榴散彈か
西行ファンの彼奴《きやっ》におくらむ毒杯用銘酒「澤の鴫」はござらぬか
あやめらるるほどに愛して春淺き今宵は鹿の肉のしゃぶしゃぶ
「心に殘れ春のあけぼの」されど大僧正慈圓生涯不犯
王侯の零落となどさらさらに水晶米を釜に投ず
沖の刷毛雲一瞬ダリの髭に似て一日の終りむず痒きかな
正法眼藏強引に讀まされつつを夜半鼻翼の汗の白珠

無花果ほろ苦しさて今日羨《とも》しきは母打ちすゑし父の手力
腎臓一個二千萬圓たましひは無料でジャヴァの山ほととぎす
陛下の赤子たりし無念のとばつちり一盞傾くる酒場《バー》「コロス」

象潟嬉遊曲

闇に聞くメゾソプラノの君が代の慄然と十方に枯葎
末の子が離婚の經緯《けいゐ》言上《ごんじやう》にきたれり肩で霙を切つて
夢にでも明日旅立たう大寒の象潟へ象のしかばねを見に
實朝忌今朝や微醺の散策中ひろひき破船の釘二、三本

たましひの何かはさわぐ懐剣を帯びてちかづく處女《をとめ》もなきに

西空薔薇色にくすみて呉服商雁金屋二男尾形光琳

喇叭水仙くたびれはてて男らのたれもかも頸に金の鎖

孔雀宅急便ましぐらに驅けぬけついくさくばつてゆくのであらう

必ず人にかならず人をたのまざる水無月還りそこなひの雁

戀人に煮湯のまされたる二瓶《にべ》が走る全身に虹をまとひ

ぬばたまの「國民精神作興に關する詔書」海鞘《ほや》なまぐさし

黑南風《くろはえ》吹きおよぶあたりに妙齢の太極拳が雲をつかむ

父は還らざるものにして牡丹《ぼうたん》の白の極みぞ炎え上りける
章魚《たこ》の脚食ひつつあるを心頭にたちてあやしき言葉「幽玄」
杏黄熟、棗黒熟おほかたの詩歌はうすわらひをうかべて
相見る以前より憎みゐし一人《いちにん》を蓮池にいざなへり、而して
モラヴィアもキャヴィアも食傷氣味の夏望むらく雪の香の帷子
俯仰天地に愧ぢつつあれば紺碧の朝貌がぬかるみを這ひまはる
帝王貝殼細工林立かかはりはあらねど弑逆《しいぎやく》てふ言葉宜《よ》し
過密都市あるいは過蜜都市の夏われらがいけるしるし蟻の巣

フェリス・ドメスティカ

明日の韻律ゆだねむ君が入り浸る飛ぶ鳥のアスレティック・センター

臘月の星ささめくを絶妙の一首となせり　破り捨てたり

颶風《ハリケーン》告ぐるTVのうらがはへ消ゆるあらあらあらひとかみが

戰爭の豫感に飽いて今夕《こんせき》は猫の眼《め》の二杯酢をいただかう

櫻紅葉の下の捨椅子《すていす》　ついさつきまで睡りゐし東條英機

望月遁走曲

I

冬麗の蠅やうるはしからざれどわれはなほ日本に執せる

石榴一顆《せきりういつくわ》棚に飾りて年を越ゆわがこころざしまたたなざらし

白魚すすりこみつつかなしこころには新撰組旗揚げ芹澤鴨

花の下に莚を敷きて肅然たる一群、切腹でもはじまるか

今生の今、紺青の紺、冱ゆるほかなき韻律の孤獨を愛す

鬱金櫻朽ちはててけり心底にとあるすめろぎを弑《しい》したてまつる

殘すべきものなく春のかりがねが立てりなにゆゑわれは殘るか

ころもがへ否うつそみをそれ自體替ふべしびらびらと燕子花《かきつばた》

シュペルヴィエル詩集讀了綠蔭を癋見《べしみ》のやうな犬が通る

朝顔の碧《みどり》の裂目　うまれ出て生きざるをえぬことおそろしき

銀漢の脾腹のあたり淡紅にきらめきつさては直擊彈か

勝を誓ひて家こそ出づれぬばたまの夜店の金魚掬ひ大會

何に急《せ》かれて一夜に百首　玻璃杯に杏果汁《ジユ・ダブリコ》たぷたぷと波打つ

詩歌ほろぶるとき　秋風のゆくすゑに露、その露の影に露ある

死後の生は他界にてかつ華やがむ霜よりもすみやかに亡ぶ露

ミラノより還りきたれば竹籠に飢ゑて相對死《あひたいじに》の鈴蟲

柑子の酸胃の腑に奔りうちつけに鬭取望月のうしろかげ

「赤き心を問はれては」とは霜月の晴天の一隅の曇天

バイロンが果てしミソロンギは知らず今朝さやさやと禊の霰

通奏低音ヴィオラ・ダ・ガンバ殷々とうたびとが歌捨つる調べ

胡蝶蘭亂をこのみていつしかも戀ふらくは死ののちの亂心

Ⅱ

凍蝶の須臾のむらさき　われの句は文臺引きおろす以前に反故《ほご》

唐詩選そらんじつくしゐし父の千鳥足なつかしききさらぎ

樞密院會議議事錄昭和篇　氷魚《ひを》二杯酢にひたさむとして

能登半島咽喉のあたりに春雷がゐすわりてわが戀歌成らず

エロイーズと書けばなまめくみづからを窘《たしな》めて天の底の雲雀

離婚屆印鑑押捺《あふなつ》横町の鬱金櫻が散るまで待て

ＣＭＣＭＣＭメリメ、メンデルスゾーン、玉音も偶《たま》には聞かう

心まづしくして極端に不幸なり天國にも金木犀の散るころ

蕺草《どくだみ》の體臭をもつヒットラー親衛隊とすれちがふ、夏

七月の風なき末の松山をおもふだに袖しぼるほどの汗

朝顔一鉢家苞にせりそれはそれとして地域氣象観測機構《アメダス》の飴色の空

清貧と赤貧の差のあつて無き夏、その皮膚を一枚脱げ

おほきみはいかづちのうへわたくしの舌の上には烏賊のしほから

神無月あまり寂しくあさもよしキリ・テ・カナワの肝が食ひたい

われより不幸なるやも知れずみぞおちに霙降りたまれる大佛も

世界ほろぶる寸前にして讀みふける散佚希臘艶笑詩集

木耳《きくらげ》の學名アウリクラリアは「耳翼《みみたぶ》」、きみのそれの齒ごたへ

わがものとなりわかものは目瞑れりもう飛ぶまいぞこの朝の鷹

水で割つて飲むほどの濃き血にあらずわれ一樽のボッティチェッリ

しかれども日本かたぶくころほひと漆紅葉のしびるる朱《あけ》

轉宅の納戸華やぎおきざりの千人針暗紅の纐纈《かうけち》

枯桑畑三個月後に駐車場となる再來年は火藥庫か

Ⅲ

このごろ都に流行《はや》らざるものリアリズム、レジスタンスに爐邊閑談

今、切に逢ひたき人も無し牡丹雪夕映に血まみれとなる

うるはしくしてうるさきは曇天の一部を一日《ひとひ》占むる紅梅

微震より弱震までのたまゆらに口ずさむ「死の終《をはり》に冥し」
花過ぎてなほ花のこす花水木肝腎の肝くもりつつあらし
人間《ひと》われに腸《わた》のパイプの二米《メートル》春の嵐に耐へて突つたつ
銀扇の錆うすうすと來世まで契りしひとの今日がわからぬ
ゆきてかへらずかへらばゆかぬ韻律の千年とずぶ濡れの葉櫻
精蟲と呼ぶ昆蟲がただよへる白雲木の遠《をち》の夕空
萬綠に何もて抗すちよろづのいくさならいざ一目散に
家に入りても敵は七人、帷子に透く胸板を狙はれてゐる

『椿説弓張月《ちんせつゆみはりづき》』ポルノ版爲朝を宮刑に處しあとは空白

ダヴィデ姦通、そのすゑのすゑなほすゑの君が神父になる?御冗談

詩歌わづらはし夏花《げばな》があかつきのバケツの中に犇きあひて

縊り殺されつつをカティア・リチャレッリ歌ひ續けて怖しオテロ

半歌仙嫌惡三分の連衆の定座は出そこなひの十六夜月《いざよひ》

君主などわれの何なる今生の今日のむらさきしきぶ一枝《ひとえだ》

紅葉わが前に冷えつついつよりの戰爭《たたかひ》かまた終りにけらし

睡蓮に香りありしや霜月の昧爽の夢ただの三分

カンボジアなどとうに忘れて寒菊の一輪を氷《ひ》頭《づ》膾《なます》に添ふる

家族七人棲みゐしころの浴槽のにごりふとなつかしき冬至ぞ

末世の雅歌

虹の片脚地にとどきをり半世紀事實無根の歌に與《くみ》して

飛魚《とびうを》燦然　それですむならわが餘生伊達と狂氣で過《す》ぐしてみせう

世もすゑのすゑのすゑなるキオスクに嬰兒《みどりご》の甘露煮をならべよ

新生薑に口ひひらげど割腹と斷腸は根本的にことなる

銀杏《ぎんなん》のみどりうすうす死ののちの生もたかだか十四、五年か

露の世の露玻璃杯になみなみとあふれしめ歌はなほながらふる

すめろぎと言ひて嗣《つ》ぐみし歳月のすゑなり春の樹氷の刺《とげ》

夕映間道

I

弦樂の一弦斷るる音切に戀ほしリムスキー・コルサコフ症

相照らさざる肝膽を思ひつつ街湯に背中合せに佇《た》てり

春曉の聲は「東北《とうほく》」ちちうへよそのへんでやめてくれなゐの梅

歌に、否歌人《かじん》に別れひたすらに急ぐ春霰の海石榴市《つばいち》へ

四月饐えつつ匂ふ花ありランボーの處女作は「神よ、糞くらへ！」

高壓線たるみたるみて初花の朴に觸れむとせり　死なざらむ

海軍記念日もとよりこともなく暮れつただ晩餐の刺身血の海

去就問はれつつうやむやに十餘年この期《ご》に及んだる栃の花

文明論一進すれば一退しブロッコリーが皿に峨々たり

肝腎膵脾あたらなまめく水無月のゆふべまさしくベラ・バルトーク

菖蒲葺く一青年が高層のきはみにちらちらと　エイリアン

冷房切れてひさしきまひるわがひとは突然「荻生徂徠大好き！」

言語道断の暑さぞあさもよし紀貫之をまはだかにせよ
詩歌にやや遠く生きつつ青芒折る渾身の微力をこめて
汝《なれ》は寶石函《エクラン》に靑酸加里祕めてゐしとか　第五十回敗戰忌
プーシュキン決鬪に果てたることを祖母に教へられて秋暑し
惜敗のラガー三頭引き連れてゆくや江口のむかしの娼家
天來の一首得たらばわれは飛ぶ鳥の明日から二度と歌はぬ
ましぐらに秋風の陣驅けぬけてわれぞ歌ひし「歌はず」とこそ
拔道の間道《かんだう》、縞の間道《かんたう》と分きがたし喜多耳鼻科夕映

昨日の長距離優勝選手脛曲げて志摩花店に菊そろへゐる

Ⅱ

二日月紅にうるみて他界よりわれを拒むといふ初便り
四天王寺修正會結願わかものの腿ひしめいて夏草の香ぞ
長生をかつて蔑《なみ》しき立春の雪いささかの酸味を帯びて
鳴海ハイツ今宵竣工屋上をよこぎる棟梁のちどりあし
知命より白壽にいたる半世紀椿落つ落つるほかなくて落つ
眼は眼底よりおとろへて夕映の沖が米軍空襲のごとし

瑠璃懸巣一閃　おのが戰前を前世とおもひつつ半世紀

さみだれ華やかなりき新聞訃報欄そこに同姓同名異人

異論あるならば今言へ　剝きあげて山獨活がたまゆらの雪白

菩提樹の花季過ぎつつを佛足のくるぶしの肉あまりて卑し

敗れたればこそ父ならむくれなゐの匙もてゑぐる茘枝の氷菓《ソルベ》

旱天に鷄頭の群ひしひしとつひに「邪魔者は殺せ」なかつた

口あいて卵くらはむとも思ひつつ葉月ヒロシマに秋風

みつみつし苦面のすゑのフォークナー全集もB29の牲《にへ》

とどきたるわが歌ごころ秋冷の夜の海彦がバリトン返す

末子天才詐欺はたらきて歩くなれ紅ほとばしる終《つひ》の山茶花

寒夕映に顱頂さらせり世紀末つつがなく越えうるや　越ゆべし

歌がわれを殺すかわれが歌と刺しちがへるか　凍雪にふる霙

横斷歩道縱斷せむに警笛がかまびすし　下に居らう飛蝗《ばつた》ら

愛國製茶工場前をさむらひのサムが一目散に奔れり

われを兩斷してさてくらふにもあらず銋《にえ》むらむらと若き鈍刀

Ⅲ

返す刀に秀句切り裂いたりわれの言葉の花は過ぎてこそ花

茂吉・赤彦・白秋が何するものぞ曲りくねつて木枯し過ぎつ

「善知鳥《うとう》」冒頭謠ひつつ來る舊戀のアミの凡々たる亭主どの

立志あらば屈指もあらむ八百源の總領がアルファアルファ洗ひゐる　「屈指」はママ

琥珀糖のかけら舌の上《へ》ちちははに甘えし記憶これつぱかりも

春暁の鳥肌立ちて讀み返す迢空賞受賞歌集跋文

西行はかたく目閉ぢて死にたらむその翌日の紅き十六夜月《いざよひ》

天秤に鬱金櫻の一房を　こころのかるみはからむとこそ
ピレネー上空陽ぞかがよへる春晝にふとおそるべき言葉「海拔」
車海老尻よりくらひつつ急にはらだたし甘つたれの杜國
山百合の香が東司《とうす》にも空海の入唐《にったう》以後の日々何か妖し
夏椿たぎちながれつおそらくは他界に發したる水のうへ
血を見ざる戰《いくさ》ひととせ血みどろの平和ひとつき　蠟梅ひらく
猩紅熱そのくれなゐのうすうすとかの日下江《くさかえ》の入江の蓮《はちす》
風花の中の朝火事くちひびくこのくれなゐを茂吉に獻ず

第三突堤正體もなき花束を拾ひてはにかめり風太郎
ががんぼの六肢雄蘂のごとひらき死後は生前より華やかなり
魂魄状の海鼠掌上あらざらむこの世の他の糧はしきやし
蕃妾を蔑せしからになまよみの甲斐性無しと言はれき　父は
醪藏《もろみぐら》しきりににほふ　男なる一生《ひとよ》と言へど百年に足らず
冱え返る三月　樂器店開店店名「魔笛」てふは天晴《あつぱれ》

みなつきね

水無月燦然たり休日はマキシムのシェフが味はふ『死に至る病』

あかときを夏書《げがき》の母がうすごろも藥草喩品《やくさうゆぼん》寫してけりな

奔馬忌の馬こそ知らね知らぬままきみは男を抱いたことがあるか

海石榴《つばき》手あたり次第に落し八衢《やちまた》をつきれり疾風の美丈夫

世界戰爭勃らむとしておこらざる神無月燗ざましのごとしも

孔雀明王嬉遊曲

空の神兵うちかさなりて二、三人寒牡丹ちりぢりに四、五片

亡命の何ぞ漢《をとこ》は寒風の沖へ裸を脱ぎすてたり

冬の虹濃し須貝家の入婿が岳父に惚れて吹くサキソフォン

海鞘《ほや》、黑潮のにほひ放てり歌人《うたびと》は一寸先の闇こそ救ひ

蜜月の不首尾はにかむますらをに誰かは言ひし一念發起

土佐日記、蜻蛉《かげろふ》の日記《にき》、母の眼に星現《あ》れてよりわが家《いへ》冥し

われの行先なほさだまらず薔薇市の薔薇苗に薔薇の名札びらびら

春ふかきふかき或る夜の青疊　短銃を丹念にばらす

皇帝ペンギンその後《ご》の日々《ひび》の行狀を告げよ帝國死者興信所

安樂死の一瞬に似て綠蔭の太極拳ゆるやかにかたぶく

まさに水無月はらりとめくる古文書の繪の馬に淡紅《うすべに》の血脈

梅雨寒《つゆざむ》の宿の忍冬うすうすと罰うけてのち罪を犯す

赤軍派肩で風切れ黑南風《くろはえ》の切先をその眉間にうけよ

核家族核の少女が夕食時《ゆふけどき》一塊の暗雲を招き寄す

「木曾と申す武士」はさておき西行も一度は殺さるべきであつた

こころざしすなはち詩とも思はねど秋風を研ぐ三十一音

齡《よはひ》白壽にしてヴァレリアン秋逝くと孔雀明王風《ふう》にあゆめる

勤皇の志士が先祖にあらざるをやすらぎとして後架の海石榴《つばき》

理髪店「須磨」午後一時玻璃越しに赤の他人があはれ首の座

父の誕生日とて觀にゆく立春の曲馬團《サーカス》の海豹《あざらし》の恥さらし

不來方

鈍刀のこの漢《をとこ》愛《を》しぬばたまの黑鞘拔いてわれに迫れり

いのちに對《むか》ふものそれよそれ靑嵐浴びて刎頸の友のなきがら

以後論敵の便りぞ絕えし「雄物川死にものぐるひに流るるのみ」

地圖に見て「不來方《こずかた》」銀のひびきあり莫逆の友ここに眠れよ

沙羅散つていのちあたらし今一歩反歌の方へ引返さむず

われ思ふゆゑに汝《なれ》ありしを想ふ血潮華やかにてのひらの創《きず》

客死てふことば戀しき晩秋のうつしみはげによそのまれびと

獻身

I

鵲鴿の卵の罅《ひび》のあやふさの世紀末まで四萬時間

夏籠《げごもり》のある日ものうしまがねふく「吉備津の釜」が枕頭にある

管紘の管百本の一本に固唾《かたづ》　秋風樂《しうふうらく》中斷す

螢澤とは大阪の花街にていのちの果ての淡きともしび

郵便配達がわが名を連呼して背後に迫る木犀の闇

秋水に石榴一顆《せきりういつくわ》　おもほえば歌ひて喪ふ言《こと》かず知れず
ころがるはわれの冬扇《とうせん》百日の白き秋風費《つか》ひはたして
夕霰鼻梁を搏ちて心にはぬばたまのクロイツェル・ソナタ熄《や》む
きぬぎぬのそれも霜月若武者は鎧のままにかきいだかれつ
極月《ごくげつ》おしなべて鈍色の八衢《やちまた》にひらけかぎろひの春名麪麭店《パンてん》
冬の馬齒齦《しぎん》眞紅にかすかなる怒りふふみてわれに頭《づ》を寄す
聖母子像の繪凧を放つ父上は天に代りて何撃たむとか
椿たばねてぬつと差出す山男きみには他に欲しいものがある

沈淪のある日心の逆光があぶり出す「狂育に關する＊＊」

立腹のすでにひととき過ぎたれば煮湯に放つ紅梅一枝

われの耳翼《じよく》に齒型を殘し遠ざかる彼奴《きやつ》、萬緑の底の地獄へ

朴ふふみけらし今宵の識閾《しきゐき》に鎧の袖をしぼるてふこと

櫻桃《あうたう》空にさやげりわれのただむきに沼空賞の禁色《きんじき》の痣

殊に花合歡ぞけぶれる公園にわれらは案ず明日の聖戰《みいくさ》！

「アンタッチャブル」エリオット・ネス二十六、われに敗戰・廢墟・肺疾

Ⅱ

黴雨《つゆ》曇天に鮎色の影さばしるや文部大臣與謝野馨

いのちおもたき水無月の歌百あまり櫻桃が胃の底でふれあふ

アルツハイマー症の伯父より夏さらば邯鄲に引越すてふ尺牘《てがみ》

あざけりて父を言ひしははやきのふ否をととひの種無葡萄

文借のかさみかさみて秋昏れつ出水の水無瀬川のささなみ

青年教師背伸びして書く「海石榴市《つばいち》の八十のちまた」へ嬥歌《かがひ》に行け

赤貧の日々を閲《けみ》してうつしみはかろがろとヴァン・ロゼの宿酔《ふつかゑひ》

花乏しらの侘助を褒む　敏腕の「ものみざる塔」勧誘員が

流連《りうれん》の翌朝われがくちづくる水晶の逆さ氷柱《つらら》の蛇口《コック》

冬牡丹咲きややすらふ　遠來の香潔和尚、父の念友

風の苧環　イエス殺されたるのちをマリア襤褸《らんる》のごとながらへき

觀光外人チーズのにほひひきずつて二條城遠侍《とほざむらひ》　三之間

雉子《きじ》のあるかひた鳴きに鳴くたまゆらにわたくしはキスし損《そこな》ひき

冷凍茘枝《れいし》に舌しびるるを何がかなしくて職業欄の「歌人《うたびと》」

千一夜物語《アラビアン・ナイト》童女に讀みきかす伏字本伏しゐるを起して

檻に幽閉されて運ばるプチブルと呼ぶ嚙み癖のあるブルドッグ

萍《うきくさ》のひたすら西に漂ふを眦に見て繼終るべし

棕櫚に花、聽け「われの王たることは汝の言へるごとし」以下略。

寢室の壁にヨセミテ峽谷の繪を飾りすさまじきやすらぎ

あわただしき知命ののちの歳月のたとふれば百日紅《さるすべり》の血しぶき

莫逆の絆、鋼線ひとすぢを張つて斷ちたる夜半の秋風

Ⅲ

パステル二十四色　金も紫もそろひつつ無色透明を缺く

愛國の何か知らねど霜月のきりぎりすわれに掌《て》を合せをり

天秤の分銅すこしづつ足せどわがたましひのかるみ五瓦《ごグラム》

イジドール・デュカス傳風説だらけ後架の窓に枇杷散りそめつ

煮こごりのこの一塊の沃度いろ父母《ふも》の恩てふことばおそろし

寒中に氷菓《ソルベ》舐めつつゐまふもの妙齢とは面妖なるよはひ

天氣老獪にて百本の蝙蝠傘《かうもり》のしづくがピカソ展會場汚す

激してカミュを語りしも二十五年前紅淺し盃の底のあぶな繪

帷子《かたびら》は肌切るばかり白冱えて明智の桔梗紋濃むらさき

歌捨つるよりもいささか絶望的なる高みより沙羅の花落つ

飛魚の翅うつくしき水無月に戀もなし水を飲んでも肥る

みづみづしき男一匹料《れう》つたる喜多外科醫院六月の闇

ギリシァ語を修めプラトン讀まむとは空梅雨《からつゆ》某日のできごころ

歌はねばもつともいさぎよし皿に落鮎のまなじりのくれなゐ

煌々とともして葉月われのみの浴槽の深淵に沈まむ

世の終りなど見極めてすみやかにわれを過ぎゆく苦艾派《チエルノブイリアン》

あさもよし紀伊國《きのくに》東牟婁郡《ひがしむろごほり》青岸渡寺の蟬のぬけがら

折紙つきの蕩兒と聞けりアルパカの上著のすその盗人萩《ぬすびとはぎ》

灰色の男郎花《をとこへし》手にしごきをり來世はプロレスラーに生れう

蕃椒《たうがらし》くれなゐ冱えて病歴に肺結核の他なきもさびし

豪介二十歳《はたち》今朝もまたパルチザン・チーズと言ひてさにづらふ

獻身のきみに殉じて寢《い》ねざりしそのあかつきの眼中《がんちゆう》の血

一九九四年六月二十九日永眠の畏友
政田岑生にこの一巻を獻ず

風雅默示録

風雅默示録
一九九六年十月十日
玲瓏館
A五判　貼函附
丸背　二四四頁
装訂　間村俊一

百花園彷徨

定家三十「薄雪こほる寂しさの果て」と歌ひき「果て」はあらぬを
露のあけぼの霰のまひる凩《こがらし》のひぐれ　世界は深夜にほろぶ
日日閑散　素戔嗚《すさのを》神社神官らポルノグラフィ回覽の春
寒夕映イアフォーンより洩れくるは蝶々夫人その斷末魔
沈丁花くされはてつつ煩惱の一日《ひとひ》の中の「春季皇靈祭」
あけぼののこゑいんいんとおそらくはきのふちりえざりし花のこゑ
桐の花それそのあたり百代《はくたい》の過客《くわかく》が伏眼がちにたたずむ

敗戰、たちまち半世紀にて蒼き血の勿忘草《わすれなぐさ》も消えうせたり
縷紅草《るこうさう》、殺人犯人一人だに出《い》だしえざりしわが家系なり
水無月の水せせらげる夜《よ》の水無瀬川　うるはしき女性《によしやう》に逅はず
紅蜀葵《こうしよくき》、みづからがまづ標的になる戰爭をはじめてみろ！
卒爾《そつじ》ながらと問ひかくる人あらばあれ秋茄子の瑠璃わが手にあまる
砧・等々力、五里霧中なりひさかたの雲助運轉手に身ゆだねて
有能多才この一筋につながらず早百日目のそらなみだ

五絃琴

吉事《よごと》申さむ除夜の雷雨のにはたづみそこにてのひらほどの碧空《あをぞら》

時間の死てふものあらば山科區血洗池町《ちあらひいけちやう》寒の夕映

食ふや食はずのままに胃炎の春過ぎて讀みのこす「僧正殺人事件」

アメリカ獨立記念日近し、緋ダリアをすぱつと剪つてそのまま捨つ

右大臣と呼ぶあぶれもの花槐《はなゑんじゆ》へだてて道眞と實朝と

天網篇

月光酢の香放つときしもわが戀ふる絃樂四重奏曲「激怒」

花亡《う》せてのちしばらくの閑日月歌殺すてだてなど勘《かんが》へむ

五月三日悪法の日は休業のラテンアメリカ料理店「コカ」

からめとつたるますらを一人率ゐたり白妙の天網の花嫁

昨日米國潰滅せりと文武省《もんむしやう》發表　百年後のほととぎす

梔子《くちなし》のにほひよどめる裏庭へ還りきぬわが戀の奴《やつこ》が

歌ひおほせたるは何なる　初夏《はつなつ》と夕映ゆる　黑森《シユヴァルツヴァルト》の針山

梁塵祕抄に「愛せし」てふを見出でたるより半世紀目の鮎膾

黃變新聞昭和十八年重陽「連戰連勝」とたれかほざきし

烙鐵の冷えきらむずるまがなしき一瞬の朱《あけ》　父に餞《おく》る

萩はもとより母も伴侶も月出でて見ればあとかたもなき嬉しさ

一見ゴヤ風の男がうづくまり金魚を掬ひゐき夏了る

中有に寄す

I

鮮紅の墓標ひしめきユートピア外れに二十二世紀果てむ

はしきやし帚木《ははきぎ》處女《をとめ》『ヰタ・セクスアリス』抱へてよろづ屋出でつ

わが歌あやつるは若き死者こころなき汝言靈《ことだま》説陳ぶるとも

うまざけのみなもとにしてきさらぎの丹波杜氏《たんばとうじ》の父子あかはだか

父を嗣がむなどとさらさら思はねば辛夷に銹色のかすりきず

春愁と言ひつつもとなくれなゐのバイクが墓原を縦斷す

鳶尾《いちはつ》をうつ春霰　いささかのにくしみぞ人の生《よ》のスパイス

落椿流れにさからはむとして泡立てりその眞紅のちから

二十二階に吊るしつきりの鯉幟日本の明日を恃むべきかは

何を畏れつつあるわれか萬緑にそびらを向けて讀む『獄中記』

二重虹《ふたへにじ》　彼がくたばりそこなひて壹岐にゐるてふその繪葉書の

あぢさゐのわつと咲きなだるる下天《げてん》七人の敵などものたりぬ

夏の嵐精神を吹きぬけむとしはためく天皇制とスカーフ
店曝しオレンジジジュース陽に透きて世紀末用黃泉のみづ
花柊ゆふべの坂に道ゆづりくれたる靈柩車の主《ぬし》はたれ
敗荷は敗荷としてゐすわれり水の邊《へ》にかの戰ひの日日を戀しみ
この世の外《ほか》へならどこへでも愛の巢の暗がりも亦その外のうち
一瞬してやられたる寂しさは他ならぬ「落文《おとしぶみ》」てふ蟲の發想
ロベスピエール慄然として眼前に鼠の巢のやうなものが存《あ》る
寒の鐵砲百合玻璃越しに否をかもあれはたまぼこのみちこ皇后

岳父の酔屍體の薔薇色獻ずべき誄詞《るいし》はヴィヨン擬《もど》きにしよう

Ⅱ

喇叭管てふ器官うらやむ耳疾《や》みて音樂斷ちの夜夜の寢臺

何のあつまりかは知らね普門院前愕然と日章旗立つ

罪淺きわれが罪いささか淺きわざもに食はす僞《にせ》のフォワグラ

離婚せざる事由を簡潔に述べよ　巡回裁判所に春霰

率爾ながら韻文通り定型詩町はそもそも何賣るところ

寢返りうてばその時軋む麻ごろもあさき夢すら見ぬきぬぎぬに

戀とはいささか違ふときめき瑠璃蜆蝶《るりしじみ》脱皮の一部始終を目守《まも》り
弔問のここが彼奴《きやつ》の巢十藥のおそるべき純白をしるべに
無用ノ介の明眸ひとつ　星月夜にはかにかきくもり梅雨《つゆ》至る
失戀のその長身を鉤《かぎ》の手に曲げて安寢《やすい》す馬越周太《うまこししうた》
たかひかるわがおほきみにゆかりなく青棗わが額《ぬか》を彈《はじ》けり
ピカソ賞受賞百號嘘でせう弓月ケ嶽のさみだるる景
キオスクに佇《た》ちて絶緣狀一通鉛筆の心ほのかに甘し
女てふ輕みおそろし夏安居《げあんご》に歌仙卷くとて縹帷子《はなだかたびら》

「みんな元氣」とは言へねども死者達は健やかに死に續け居候

割烹「夏至」すべて男手吸物に良夜の星をうかべむとこそ

天窓に映れる朝の紺青の一すくひ死はつひのあかるさ

トーマス・アクィナスに餞《おく》らむ秋茄子の藍　剩《あまつさ》へ明日を恃みて

朱欒《ザボン》切り苛んだる手もて斬奸狀なぐり書き　芳しき人生

奸雄通親《みちちか》も亦友人の一人に擬してさむし冬虹

蔑《なみ》せむにこの神童はあまつさへ和歌をなす　白椿二分咲き

Ⅲ

聖なるかな漢字制限三十劃以上の正字群發光す

何かなげかむ滅多やたらに寶石を買ひあさりゐし母が膽石

オーボエを母は大吼えと思ひゐき春月紅きひとときかなし

ダグラス機とは何なりし味爽を思ひあぐねつ　緋桃散り果つ

きぬぎぬの齒と齒ふれあふ花水木この次は赤の他人で逢はう

ながらへたまへちちのみの父春曉の溲瓶《しびん》水陽炎がちらちら

さばへなすこの世愉しきフライ級ボクサーどうと倒されて　鳬《けり》

水無瀨雄志ある日螢を籠もろともわれに托して征きそれつきり

戀猫の聲に腹据ゑかねをれどされどニーチェの詩の誇張癖

七月がましぐらに來る菩提寺の新發意《しんぼち》無我のバリトン和讃

入道雲見ずてひさしき文月のわが色慾をいはば白緑《びやくろく》

七月十四日生れの華やかに暗しすめらみことこそ後鳥羽

男傘無骨に驟雨彈きをり奈良京終《きやうばて》に果つる情事か

みちのくのみちくねりつつ畦切りの若者が滅裂の「君が代」

淑女休憩室に淑女が一匹もゐないヴィラ・デステの晩餐時

蓮沼夫人、その郎黨がうつくしき空氣啖《くら》ひて夏了りける

素戔嗚神社前の走り井いにしへは命にかへて人と逢ひたる

カフカ論首尾とどのはず文月けふ障子の桟に蠅のしかばね

百日紅九十九日目の紅の今日、寂として刺客きたらず

詩歌うしなふことが何なるたましひの上つ面掃く夜の帚木

水銀嚥みて死にたらむとは誰か言ふ河内弘川寺に夕疾風《ゆふはやち》

花など見ず

あしひきの峻嶮名に酷似してふと眩暈《めくるめ》く「アルツハイマー」

森羅萬象細斷《こまぎれ》にする凶器なり三十一音律の刃の冱え

梅林に間道ありて梅の花など見ず外に出づることも得《う》
勘解由小路《かげゆこうぢ》にはたと邂《あ》ひたるあの人は一昨年《をととし》死んだはず　花曇り
若鮎のにほひの汝《なれ》を遠ざくることもスキゾフレニアの一種《うち》か
質におきつぱなしの赤貧　この夏はスカボローフェアへ襤褸《ぼろ》買ひに赴《ゆ》かう
雨の霜月取り出して視るたびごとに奇怪《きつくわい》なり「恩賜の煙草」といふは

悲歌バビロニカ

I

ふくむものある連衆六人《むたり》今日花の定座《ぢやうざ》にいささかの血のにほひ

雪白の辛夷かがよふきみつひにつひに一歌人として眠るか

花冷えの濡縁占めて能辯の「カインの證人」の津輕辯

春晝のうつつなかりし識閾に伯耆と智利がならぶたまゆら

「青蠅《せいよう》久しく斷絶」と李賀歌へりき原爆變は知らざりしかば

世界をうらぎらむくはだてふつふつと螢の闇の中に二時間

花石榴浮かるる歌仙連衆と連中にそも何の差かある

朝餐《てうさん》華やかなれとはつなつ白緑《びやくろく》の甘藍まつぱだかに剝ぎをり

綠青の水無月はじめ山門に疾風つきあたる仁王變

防衛大學何を防衛せむとして書貌が鐵柵に十重《とへ》二十重《はたへ》

リルケ讀まざるも知命のこころざし世界の腐敗ひたすらに待つ

罪產と誤記して消さず伯父が棲む東大阪市字横枕

われは往きかれらは還る　さもあらばあれ燕子花《かきつばた》紺の殘骸

曇日《どんじつ》のわれの一日《ひとひ》もまた赤の他人の一日《いちにち》の醉芙蓉

旋風に身を揉む垂柳《しだりやなぎ》その名こそはサリックス・バビロニカ

秋分、新聞訃報欄にて　二日前まではあいつが生きてゐたとか

白內障《カタラクタ》こころにうかぶ夕露のたまゆらにふるさとも亡びよ

わが左足の魚《うを》の目《め》削《そ》ぎたまふ執刀醫　甲斐すばる先生

弟なれど張り倒すべし卓上に現代語譯「ソロモンの雅歌」

敗荷吹かるる陳腐なる景　火を放て火を放て　その放火犯にも

十月二十一日直哉忌と人に言はぬまま生牡蠣は啜りたれ

Ⅱ

農夫老いて美しきかなミシュランの葡萄牙地圖山脈の皺

闇さんさんとしたたるごとし鷹一羽床上《しやうじやう》に組み伏するたまゆら

報國とかつてぞ言ひしわが春を奪ひし彼奴《きやつ》に何を報いむ

牡丹一枝奉らむと扉《と》を押すに鸚鵡が「ゴヨヤクサレテヰマセン」

枯原の水あかがねのにほひして前後左右の戀敵ども

ＴＶには地球のうらがはの謝肉祭　偏頭痛頭痛にかはる

パキスタン使節招待石庭《せきてい》の砂をただちに掃きすてなさい

すめろぎはちかぢかとして遠ざかる春淺き夜のいかづちあはれ

掃除婦不惑名札にしるす「神林たかんな」過去をかたりたまへ

落ちざまに穗麥くはへつ　われよりも憂ひ多かるべし揚雲雀

さういふなら君の兩掌《りやうて》でみどりごのくれなゐの耳ちぎつてごらん

なべて凶器となさばなり得む眞處女が鐵砲百合を斜《はす》にかまへて
コートディヴォワールが象牙海岸と遂にし知る日あらざらむ　象
去年《こぞ》根こそぎにして數百萬《すひやくまん》稼ぎたる蓮田に花のきざす不可思議
したたるばかり紺青の空　裏町の雨宮空手道場鎖《さ》さる
微風のごとき輕羅まとひて家妻があはれ俎上に鱧《はも》の骨切る
祖父の若狹訛うすれつ群書類従が曝涼にてばらばらに
君の掌上《しやうじやう》にゆたかに砂盛つて死後も蟻地獄をやしなはむ
裂帛の裂を愛してきのふこそわれ日本を見かぎつたれど

未生以前よりわれおもふキャヴィアとはあはれぬばたまの女郎花《をみなへし》

右翼てふ翼收めてこの男前世おそらくはダヌンツィオ

Ⅲ

今降るは未生以前の霰ぞと思ふ　實朝の死のきはいかに

時ありて繙く『死者の書』の黑き表紙に牡丹雪のにほひ

百人の敵われにある妄想の燦爛と大寒の大夕焼《おほゆやけ》

もののふの佐佐木幸綱あかねさす丹頂鶴《たんちやう》を一輪とかぞへき

空欄に「空襲警報」とのみ記しわが立志傳日誌冒頭

蒼ざめて隼人氷雨の中驅けつつひに戀得たるかその逆か
アナクレオン・クラブの首領Uターンして子を儲けたり名は六鹿《むしか》
ジムノペディの樂の源《みなもと》休診中那須產婦人科の育兒室
西王母咲きさきつづけ花絕ゆる　處女《をとめ》らはけがされつつ淸し
大字初霜戶數九十戰陣訓暗誦可能者がまだ九人
嵌め殺し窓より見えて行列の尻尾《しつぽ》　縠潰しの婿入りか
非國民、否緋國民、日の丸の丸かすめとり生きてゐてやる
盟友の形見分けなど！「世の慾の樒をだにも選り返し」とぞ

死に至る病も百種　喜連川醫院上空颱風過ぎつ

さるすべりなほ咲きのこる神無月「マインカンプ」を屑屋に拂ふ

逆立ちしても愛は愛にてＡＭＯＲとＲＯＭＡの間《あはひ》千仞の谿

明治生れのおほははははげに愛すべくおそろしきかな夕陽に禮《ゐや》す

鷹の爪乾ききつたりまたの日の敵國を焼きほろぼす火種

非日常のはかなき眺め卓上に榲桲《マルメロ》と書きさしの遺言

逆境の逆とは何ぞ夕映に父がキリスト色のマフラー

飼殺し

飼殺しの緋鯉三尾に鶡鵡二羽その他に總領が一頭

莫逆

「雲こそわが墓標」それ以後半世紀曇天つづき雲ひとつ見ず
西行忌、出家と家出いささかの差はあれど水のうへの十六夜《いざよひ》
嘸むは血の沫《あわ》なすすずこ死に死に死に死んで終りに冥からうとも
二十世紀末春泥のナポリにて雲井の雁とすれちがひたり
虚妄を活寫するが詩歌の神髓となどゆめ他言無用に候
若き蛇に蹤きて奔らむ「かく誘《いざな》ふものが何であらうとも」

無慙なるかな五月、父らは節會《せちゑ》とて腑抜けのこひを虚空に曝《さら》し

百合の香に辟易したるわれといまひとりのわれが三輪に別れつ

銀蠅を發止と打ちてよろめける父よヴィスコンティに空似《そらに》の

大梅雨《おほつゆ》の能登珠洲郡《のとすずごほり》狼火《のろし》より飛電あり妻が逃《ふ》けたりとこそ

拜み打ちにされたる卓の蟷螂《たうらう》のうら若き鎌「われにさはるな」

棒振るバルビローリの葵色の頰　戀人の百回忌まぢかし

論敵客死、雨樋《あまどひ》故障しかも「今歳《ことし》水無月のなどかくは美しき」

ゆくかと問へばゆくと唇《くち》嚙みゐし彼の一周忌瞿麥《なでしこ》の火の色

きみに餞《おく》る　ダリが描きし緋ダリアの炎えつきて空白の百號

木槿の楚《すはえ》三十本に花充てり一朝の榮といふもうるさし

飾磨《しかま》郡夢前《ゆめさき》町字護持《ごぢ》の辻過ぎてなにゆゑこの喪失感

晩年晩年たれの晩年　八月のゆふがほが眞晝まで咲きのこる

氷塊の上に鋸　敗戰後半世紀經て何の處刑か

丹頂《たんちやう》鶴があされる姿まなじりに見て來し方にあゆみかへす

オテロ全曲諳譜で唱ふおとうとの前職警視廳鑑識課長

美しき秋干《ひ》鰈《がれひ》の薄鹽と宰相閣下のうすわらひなど

敗荷《かれはす》が大笑ひしてゐるごときこの眞晝間を好まずわれは

トタン屋根の上の夕露、犬の自死、殉國、つひにあり得ざるもの

奔馬忌修する一群が見ゆ霰ふるこの世より百粁ほど先に

刎頸のその頸さむし秋風はわれと無縁の空間に吹く

世界昏れつつあり『魔の山』の終章を目にたどりつつ眩暈《げんうん》兆す

漁色てふこれぞまことは青年に投網《とあみ》放てる白魚處女《しらうををとめ》

くれなゐの衣干すことたえてなきわが家にきさらぎが居坐《ゐすわ》れる

おそろしき地球の外へ啓蟄の蜥蜴くはへて飛び去る雉子《きぎす》

初夜ホテル「たまづさ」の屋上にして月光一摑み　私《わたくし》す
晩春の大夕焼《おほゆやけ》わが鼻孔までとどき國家と呼ぶこの空家《あきや》

鬼籍半世紀

茘枝《れいし》の皮吐き出してさて今は昔「昭和の遺書」のなまぐさきかな
直下百メートルの瀑布に一瞬間、四十三萬八千時間
眞向より蜻蛉《せいれい》に視つめられゐし刹那　九十九までは生きむ
英靈・英國・叡慮・營倉、悉く忘れて營業報告書を書け
すめらぎもすでに初老のうつしゑの夏はらはらと月下不美人

曇天の厚き膜裂き翡翠《かはせみ》の一閃、半世紀の血しぶき

軍鶏《しやも》・柳葉魚《ししやも》、しやぶしやぶに覺醒劑《しやぶ》、半世紀斜《しや》にかまへその異同を知らず

西も東も澤が乾上り秋といへどたつべき鴫が一羽もゐない

足利尊氏より八代目戰時中ホイットマンに惚れし國賊

半世紀人は鬼籍に入りつづけ夜咄《よばなし》の西王母血の色

神州必滅

木蓮月夜、桐月夜みなわすれはて叫びゐき「上御一人《カミゴイチニン》ノタメ」

ぬばたまのネロ忌水無月十一日　日本など忘れて早く寝ろ

徴兵令發すとならばみづからに先づ發すべし　腐《くだ》つ櫻桃《あうたう》

「風に逆ひ炬火《たいまつ》を把《と》る」メタファーを天台小止観に知りたる

毛蟲びつしりひしめく夏至の山櫻　神州必滅をことほがむ

備前長船　玻璃のバリアー越しに見ゆその刃で佛手柑《ぶしゆかん》のゆびが切りたい

窈窕たりしか

日本も沙汰のかぎりの夏果てて白きかたびらただよふ盥

遁走曲《フーガ》若衆《わかしゆ》、風雅和歌集　人生をかへりみば水の底の紅葉《もみぢ》よ

霜月の闇より臘月の闇へうつるこころの底の漱石

ちりぢりになつてなほ咲くしろたへの霜月の山茶花がうるさい

若き父、幼女を騎《の》せてあへぎゐる子供部屋　寒雷の香りが

伯父の口笛つねかすれつつ「リオ・ブラヴォ・鏖殺《みなごろし》の歌」また半殺し

うるむ夕星《ゆふづつ》夭折したる父のみの晩節を褒めてやつてください

塵芥焼却爐底より聲ありて「御稜威《みいつ》かがやく御代になしてむ」

夢に逅ひて吾妹《わぎも》言へらく飛火野の火もて焼いたる雲雀進上

伊丹昆陽池《こやいけ》その枯蘆を歌ひたる式子　窈窕たりしか否か

驛裏に廢車すなはち汽罐車の屍體重なりこれぞ日本

復活祭キャフェ「山川」の扉《と》の前に洋犬「權兵衛」が寝そべつて
黴雨《つゆ》もどん底　抱き殺すとか噂ある剛毛のジェラール氏が參禪
聖六月後架明るく一匹の銀蠅がわれにこころゆるす
不意に悲しくかつたのしきは夏祭沙羅の花ふつかゑひの男ら
向日葵の種子こぞりたちわれはいつネオ・ナツィズムに惹《ひ》かれそめける
「月蝕のためのパッサカリア」はデュパルクの死後の曲ゆめ聽くことなかれ
四十年前は戰犯　夏館《なつやかた》無人のままに轡蟲鳴く
さらば執念《しふね》き夏の怒りよ　一盞《いつさん》の潮水にわが瞳洗はむ

眞晝十二時ほろびたる國日本を斜《はす》に咲き奔れり曼珠沙華

烏有論

I

わが旅の終りに擬して恃みゐし三宅島北端の神著《かみつき》

世界昏しなどとほざくな生牡蠣をすするくちびるさるすべりいろ

ボルヘスに遠ざかりつつ敬するを早くも紅梅は褪せむとす

貝寄風《かひよせ》のたれからたれに艷聞は傳染《うつ》るのか毒身寮の薔薇窓

賣られざりせばイエスはつひにみづからを賣りけむ胡蝶花《しやが》が雨にくたくた

大天幕豪雨を溜めてたわみをり何に滿ちたりしかこの國は

『神曲』の扉鍵裂き「朕惟ヒ」たまひしゆゑの悲劇と喜劇

騎兵中尉寒川喜志の碑《ひ》に霰何人《なんぴと》に殺されしか不明

幣辛夷《しでこぶし》父には父の言ひ分があつてまた帷子《かたびら》のかさね著

夕揚雲雀金色《こんじき》に染《そ》み日本が烏有に歸せむことを告ぐらし

筍《たかんな》の齒ざはり牡蠣の舌ざはり淡きまじはりのうちに別れむ

馬の皓齒きらめけり春あかときのわれの項《うなじ》をざつくと嚙め

われ起つてのちの搖椅子今世紀中ゆれゆれて木片《きぎれ》に還れ

備前閑谷《しづたに》村には白き紫陽花の咲く日日か　戀人もはや不惑

向日葵が木であることをうたがはずみまかりき須川唯《ゆい》君五歳

踏みつぶしたるは螢か美作の夜ふかく字《あざ》のなかなる小字

紅蜀葵　死を拒み生うとんじてゐるよりはいざ死につつ生きよ

詩歌を致命傷としつつも半世紀經たりき沙羅の花が慘慘

六根濁りきつたり眞夏虚空にて瞰《み》おろす死に瀕したる日本

茄子の馬その胴長の短足のたれにか似たる　雨の盂蘭盆

秋海棠分けてあゆめり妹許《いもがり》にゆくシェパードの道連れとして

II

新綠の獸園を發つ速達便、「麒麟に變《な》つた逢ひに來てくれ」

有體《ありてい》に言はば父よりすめろぎをうとみて五十年　地には蕺草《どくだみ》

梅雨空のつゆしたたれり「君が代」に換ふる國歌は「討匪行」とか

白壽荘バス發車せり乘客ゼロ　見おくれるみどりごが千人

夏井少佐に額彈《ぬかはじ》かれし記憶など　棗の花に白雨ましぐら

これで人が殺せぬものか初夏のピザにパルチザンチーズの霜

枯山水夕かたまけて辭せむとすわれに「明日」てふ言《こと》腥し

われも日本もながらへつつを世紀末梢上の枇杷十日で腐《くだ》つ

あれはアンリ・ポワンカレの徒かきつばた夜半《やはん》にかきわけて池心まで

風邪熱の熱は群青　蕉門の其角怱々に世を去りてける

ハンス・アイスラーの名を知る一人ゐて若狭晩夏の蒼き削氷《けづりひ》

一夏《いちげ》事無し近火見舞の鱈くらひ父が吐瀉せしことを除けば

曼珠沙華炎ゆるにあらず底冷えの他界の火事を告げわたるなれ

夜の白雨　生ける茂吉に逅ふこともなかりき胡頽子《ぐみ》の劇しき澁み

世界百花展會場に夕野分見るべからざるものは見ておけ

いまはのきはの玉蟲に霧吹いてやる今こそはわが世界の秋

阿難寺の大百日紅枯死寸前われに破戒の好機到れり

長押《なげし》の槍の鞘のくれなゐ　組み伏せて遂げたるは葉隠れのたそがれ

菊薙ぎ倒しつつうちつけにわれ思ふ何を葬《はふ》るにもまづ孔が要る

髭奴朱のまなじりのまがなしく夕空に放たれつぱなしの凧

美しき春の驟雨を死の三日前に降らしてくれよ悪友

Ⅲ

侘助の初花三日にて腐り「億兆心ヲ一《イッ》ニセ」し日よ

視るべきを見に發つといふ青二才キイホールダーじやらりと提げて

飾磨《しかま》郡《ごほり》夢前町《ゆめさきちやう》に別れむと禮《ゐや》す雪消えがての雪彦山《せつびこ》

映畫は「未來に還れ」私のウォッチのアラームの止め方が判らない

冬の瀧に向ひて友が朗々と聲を消費す「泣くなリュウ」とぞ

筆太に寒中見舞、御大《おんたい》も戀より詩に飢ゑてゐるらしい

所得税納めて心をさまらぬこの夜《よる》の梅　皓《しろ》ただならず

「崩《かむあが》りましき」と輕くしるされてわれさへ憤ろし　倭建

よろづ屋に緋のベレー帽　世界日日《ひび》急を告げ滅ぶけしきも見えず

沈丁花その旬日の花屑を掃きすてつ　彼奴《きやつ》が死んでよかつた

黑人レスラー朝《あした》、艀《はしけ》に弓なりに立つてしろがねの尿放ちをり

嘔吐たまゆら炎のにほひわれにいまうまれ來むこころざしを殺す

泪、肉桂の香を帯びつつあり　別るべし　敗戰の日のこのわれと

あはれ綠蔭　針魚《さより》に似たる早少女《さをとめ》よきみと別れた記憶がある

航空母艦てふ玩具買ひあたへられ子は遊びをり蠅の屍《し》載せて

青水無月に人阿《おもね》ることしきりなり若鮎に鮮血の香が

餓死寸前の蘭鑄なれど一刹那梅雨の疊に落ちてきらめく

素戔鳴のすずしき眸有つ童縞蛇一尾われに獻ずと

さきがけの沙羅三、四輪いくさにはわれをしてしんがりにゐしめよ

たましひの底の萬綠おもむろに毒に變じて今日敗戰忌

火藥の芳香放つ男ら三三五五往き還り來世紀まぢかし

反・幻想卽興曲　イ短調

惡人に徹しきれざる惡友と冬の葛切り食ひちらかして

霧の周防、霙の丹後、喪の旅にかならずこころ華やぐわれは

羽根飾《こころいき》とシラノは言ひき泥濘《ぬかるみ》に落ちてうごめきゐる「赤い羽根」

詩人のはしつくれの正餐、冬雲雀フライに月光ソース添へたり

サンタ・キアラ病院も冬、看板に「禁戀」と猩猩緋の表示

祕すれば花、祕しても核と笑ひごとめかして文武大臣不在

水仙を兵卒のごと剪りそろへ森林太郎大人《うし》がなつかし

鸚鵡より早口言葉敎へられゐたりまだ日本は亡びぬ

心中と中心の差をかたぶきて寒牡丹一米たらずの緋

煮殺さむ河豚と冬菜が卓上にひしめきつ　平和ここに極まる

寒の蕨煮ゐる吾妹よ　笠女郎《かさのいらつめ》など戀人でなくてよかつた

奔流に浮かぶ椿がまたたく間なれども向きを變へむとしたる
蕃椒《たうがらし》のしびるる紅を！もとの鞘などにをさまる氣はさらにない
「歩兵操典」新品同様五萬、ショウ・ウィンド莊嚴せり世紀末
越の國より一頭の若者がわれに來る　辛夷《こぶし》一枝銜《くは》へて
ダリ追悼會の長廣舌詩人その面《つら》なまこめきつつあはれ
鼓膜といへば耳は二つの羯鼓《かっこ》なし春夜叩けばひびきかはすか
若くして彼奴《きやっ》にうかべる晩年の相《さう》　夜櫻のこゑがきこえる？
蘆薈《アロエ》の葉凶器のごとし生涯に殺さむ戀敵數十人《すじふにん》

先行くは金剛流か「百萬」の「鸚鵡の袖」を輪唱せむに
薄明と薄命の間一髪をすりぬけて白罌粟がひらきたり
残るはつひに骨のみなれどわが骨はしろがねの七叉燭臺一架
酒場「處女林」の出口に寝そべれる秋田犬、この世は愉しきか
あぢさゐ錫色にざわめき　燒夷彈浴びゐし記憶のみの青春
英靈の位牌が五つ水無月を殺されし順番に煤けて
けものみちにてすれちがひたりカンファーの體臭の彼まさに熊楠
山棟蛇《やまかがし》しとめたりてふコロラチュラ・ソプラノが木下闇に響けり

もののふのわがおほちちが犯しける敵前逃亡　敵つてたあれ

閑吟集讀みふける閑《ひま》ありて無し終末近きこの青葉闇

おそろしき江戸紫にくづほるる外科病棟の六日の菖蒲《あやめ》

艶書返送のこころ決せり篠懸の影踏む道を往きつ戻りつ

ケンタウロス！などと叫びし夢の中花無き花水木一樹立つ

水無月の旅にて旅にあくがるるこころ生きなほすには手遅れ

第三突堤百合の花躙《にじ》られて日本の明後日《あさつて》よりみじめ

誰よりもあとに死なむと萬緑のもつとも暗き邊《へ》に　嗽《くちすす》ぐ

ダリア白し雨の夕暮リスボンを「リシュボア」と訂《ただ》しくれし處女《をとめ》よ
『資本論』叩き賣りしは半世紀前、資本など今どこにある
左利きの君が釘抜く半壞の桐簞笥　金婚式まぢかなり
生き方が、否風采が枯蓮に似通ひて三十年前、右翼
プルヌス・ヤマサクラ七月《ふづき》を病葉《わくらば》に覆はれてどこに吉野のにほひ
捨つべきものあまたある夏たけなはとまづ母を顧みればほほゑむ
ガダルカナルにて九死一生また披露する夏祭、霜田老人
喜志精神科より寒中見舞六、七通なぜ見舞はれるのだらう

男郎花《をとこへし》剪りも剪つたり一抱へほがらかに甕《みか》の原のいかづち

ヴァカンスは家にこもりてやりすごすわがこころ秋繭のかるみ

血族つどひあらそふ「固定資産」中、庭の白萩ちりつこぼれつ

かへりみてこそ他は言はめこころには降りつもる薄墨の紅葉《こうえふ》

嵯峨大念佛が始まり香具師《やし》の手にああ綿菓子のうすべにの雲

洋梨の圓錐形はひたすらに圓に近づかむとしてくさりき

恐龍圖鑑多彩絢爛世界戰爭など三十世紀のことか

喜春樂

おとろへはててしかも日本　寒林を管弦の音《ね》の風吹きとほる

うすべにの血脈見せて蓬掘りの男らがすさまじきひかがみ

移轉慘たり燦たりメリメ全集が車の荷臺よりころげ落ち

酢牛蒡ほろにがき元旦　よしゑやし霰ふるよろこびのどん底

背水の水は汨羅《べきら》とわれに告げて彼は而立《じりふ》の怖いもの知らず

天來の言葉を聽けり「健やかな諧謔を銀のやうにうちならす」

あるかなきかの風にたちまち總倒れ放置自轉車道化のごとし

臘梅に淡雪にじむ夕日かげ生《あ》れかはるとも國のために死ぬな

夢の市郎兵衛

凩に『仰臥漫録』めくらせつ〈律ハ理屈ヅメノ女也〉とぞ
黑焦げの柳葉魚《ししやも》くらひて十二月八日暮れたり果報のきはみ
舊陸軍伍長樽見ができごころとはいへワグネリアンになるとは
大禮服寒の曝涼 大元帥陛下がいつかお呼びくださる?
詩歌のほかは知らぬふりして霜月にきたれり盛岡市前九年町《ぜんくねんちやう》
「夢の市郎兵衛」てふ名佳し黑鳥の羽根蒲團きさらぎに贈らむ
「三千歳《みちとせ》」をくちずさみつつ白壽には二年足りざる父のきぬぎぬ

筍《たかんな》毛ぶかし　かのはつなつの防空壕内に相馬が伸べし二の腕

あぢさゐに腐臭ただよひ　日本はかならず日本人がほろぼす

八方破れ十方崩れみなづきのわれのゆくてにネオナチもゐる

戀に朽ちなむ

アンデパンダン展は日曜畫家たちがものまねのモネ、マネの極彩

盂蘭盆の塋域にして墓探す彼もたれかを殺しそこねた

戀に朽ちなむ名とは？　わが名のため朽つる戀をこそ　白萩がしらじら

露の五郎兵衛

I

くちびるを觸れむとしつつつきはなつ大寒ぬばたまの黑牡丹

讃岐白峰わが胸中にふぶきをり必殺の和歌見せてやらうか

暗殺されし帝《みかど》は崇峻のみならずごりつと齒にこたへて酢牛蒡

檸檬忌の防腐劑ぬりたくつたる檸檬　百閒忌はいかがする

亡友の栞群立つ『葉隱』をいつの日か花の下に焚かむ

ヴィヨン遺言詩集はおきておもむろに晩餐の鮎火刑に處す

朴の花はいつ咲いたやら金蔓《かねづる》がずたずたになり銀の曇天

嶽飛獄死せりと宋史にのこれりき桐の初花天に三つ四つ

青嵐机上を掃けり歌人たることを宿命となどたれか言ふ

無用なればこそかんばしき青葉町二丁目、麪麭屋《パンや》さんのもみあげ

海芋畑《カラーばたけ》あかときにしてむらむらと百の鵠《くぐひ》の刎《くびは》ねむとす

酷暑禽園　孔雀衰弱　その舌をかつてカリギュラ帝が啖《くら》ひし

盛り殺さるる一歩手前で色道の極意を一くさり燦射居士

夭折のその肖像のまなじりに金粉を　右大臣萩の實朝

エンサイクロペディア・ブリタニカ酢のにほひ　新月色のみどりごの反吐《へど》
藝術の秋なればこそ青蓮寺境内に卍組のサド劇
漆紅葉《こうえふ》　明日よりの生あきらかに下り坂うつくしくころがらう
露の五郎兵衞がかなたの漆の木そびらに立ちて秋窮《きはま》れり
凍蝶羽搏かむとしたれど　半世紀むかし「大詔奉戴日」今日
體内に寒の水湧くここちして「木曾殿最期」讀みをはりたり
「さむらひは名こそ佳かれ、花佳かれ、紅《べに》佳かれ」滅びたる催馬樂

Ⅱ

櫻守・桃守・檜守《ひもり》、わたくしにまもるべき何一つあらざる
尺餘の鯉盤上にあり還俗は何犯したる若僧飛雲
白躑躅はたと搖れやみ鷹司管絃樂團のチューニング
きのふあけびの花散りはてつ論敵を斃すすべなきままに水無月
林檎むくはしから銹びつ六月の濕熱の花嫁を悼まむ
屁糞葛《へくそかづら》・犬の陰嚢《ふぐり》に藪虱、處女《をとめ》よ植物圖鑑を捨てよ
戀すてふ鎌倉武士の白扇の一句、白雨に逅ひたるごとし
右翼より好物列擧させてゐる松蟲幼稚園の保父さん

艶笑落語聴く會果てて夕顔のあかときのうしろすがたの女人
眺めつつしきりにさびし恩人の外科醫が黑鯛《ちぬ》をさばきそこねつ
月光浴せむとて夜ごと出でゆけりわすれがたみのその名こそ瑠那《るな》
人吉にひとをやらひて右肩の白露をひたすらにうちはらふ
パゾリーニ論なかばにて銀杏《ぎんなん》がゆであがりこのかなしき翡翠
十月に達磨忌あるを忘じゐき茗荷の花も殘んの一つ
禮裝の父に一顆の石榴投げて投げかへされつ　涙ぐましも
兄分の情《じやう》こはきことかこちをり佐陀岬霰まみれの肩

雪の上にあるいはこれは恐龍の齒型か師走八日あかつき
初時雨けさは山川呉服店破產十周年の絃樂
職業軍人騎兵大尉の眼光のめらめらと　敗戰を識りゐき
われの有《も》たざるもの一切が甕《みか》の原塵芥燒却場にひしめく
名うての女たらしの壹岐が菊御作《きくぎよさく》競《せ》りおとせりき二千萬圓

Ⅲ

夢窓國師集の戀歌花色にうるむ　果して女人欲りしか
寒林の底にかすかに斷絃のひびきいつまで死は他人《ひと》ごとか

歌ひつくしてわが還るべき空間はそよ殘雪の夜半の芒野
道路鏡にぎらりと映る　ハノイにて彼が咽喉撃たれしは昨日か
高層建築街の底にて商へり二月、火種のごとき緋目高
失樂調ピアノ調律せしめたるその夕つ方彼奴《きやつ》は逐電
かづらきの山ふところの晝寢釋迦疾く覺めてかたびらをすすげよ
天網のごとき漁網を中空にひろげたり伊勢石鏡《いじか》の朝明《あさけ》
夾竹桃根こそぎにして聖戰も果てたる午《ひる》の亂脈ラジオ
水底に腹摩《す》りおよぐ白妙の鯉魚一尾　今日秋立つらしも

殘生はふてぶてとして立枯るる寸前のアメリカ背高泡立草
五歳違ひでも母は母　亡き父の舊戀のひめむかしよもぎ
玉藻刈るおきよ男子《をのこ》ら　露の國ロシア國花が沙羅になるとか
師事と兄事のあはひを奔る秋の水一脈のにくしみをまじへて
枯野人《かれのびと》　緋のはらわたが透けて見ゆまたのいくさに征くか征かぬか
ラヴェルもどきのその横顔に冬が來て絃樂的にピザ齧りをる
こころざしわがうつそみをぬけいでて水底に紺侘助《こんわびすけ》一枝
月光の卓上ピアノ　小指にて「同期の櫻」彈く美智子刀自

「悲しみよ今日は」てふ挨拶もすたれて左眼には麦粒腫《ものもらひ》

そして誰もゐなくなるまでながらへて蜘蛛膜下出血の蜘蛛紅し

死して護國の鬼とはならざりし父の子のわれや亡國の歌人《うたびと》

反ワグネリアン

孔雀飼ひはじめたりと父の初便りああ死の外《ほか》に飼へるはそれか

すみやかに過ぎゆく日日はわすれつつ白魚が風のやうにおいしい

お祖母様　圍爐裏《ゐろり》のほのほ薔薇色に保つて原子爐を眞似ませう

春季大掃除二階のラジカセのイゾルデのアリア停《と》めろ、いますぐ

霧隠才藏、桃中軒雲右衞門　かつてさむらひは天に遁れき
筍《たかんな》六月、それもたとへば刎頸の友の徑百六十粍《ミリ》の素《そ》つ首
よはひ九十九に至りなば白菊の目に立つ塵を是非百瓦《グラム》

滄桑曲破綻調

I

最後の晩餐白魚膾《しらうをなます》にさしぐみて第二次極東戰爭前夜
イギジ砂漠の人は地獄が天にあるとばかり今日も信じゐるとか
空港伊丹キオスクの木の扉《と》の隙にたれかがはさみ黄ばむプラウダ

さざれ石が巖《いは》になる「君が代」なんて。「櫻《さくら》」も馬刺屋のＣＭか

白牡丹夜半《よは》に見しかば懸命の誄讃《るいさん》今様めきつつあはれ

「首をちよんぎつてしまへ」と女王は叫ばねどどんぞこの日本

強制收容所の監督を「カポ」と呼び爪剝ぎ眼灼きの特技ありしと

大盞木が一つ覺えの香を放ち傾《かし》ぐ匾額《へんがく》の「忠君愛國」

月山《ぐわつさん》に藍の秋風いたるころ若山弦藏のバリトン戀し

觀潮樓歌會、佛頂面ならべゐしか而立の齋藤茂吉

深呼吸五度くりかへしさて亡命決意するでもなし　茄子に花

土耳古石、土耳古溫泉、とことはにわれに有緣《うえん》のものにあらねど
神にましますて天子羨《とも》しきうれむぎの乃木希典を殉死せしめき
戰艦ポチョムキン忌一九〇五年七月十三日も有耶無耶
日本敗戰、われは肺尖加答兒にて盃洗に浮く蠅を見てゐた
ヴァティカン裏面史讀み漁りつつ夜を徹し發熱す天罰の夏風邪
女郎花《をみなへし》＝敗醬《はいしやう》の謂はれいまさらに森林太郎の「箒《ははき》」なつかし
片戀の子の子が嫁ぐ弓削團地空手道場七軒東
敢へて焚く斬奸狀に遺書にラヴレターついでに軍隊手帳

神州不滅、われら必滅、滅びざるものの罪業あらはれいでよ

雪月花ありてあらざる心奥に發止と後鳥羽院の一太刀

Ⅱ

鬼貫はまたの名囉々哩、鍼醫にて「風は空ゆく冬牡丹」とよ

處女雪を刹那刹那に潰しつつ彼奴《きやつ》が牽《ひ》きゆく大八車

『魔の山』はあと百五十三頁ひとまづスパゲティ・ヴォンゴーレ

初蝶、第二・第三の蝶、百頭をかぞへて俳人らもひつこめ

鶴を折り龜をたたみてうなゐ兒は眠りにけらし昏き月曜

晝食《ひるげ》は葛切で濟ませてちはやぶる神崎川の船で契らう

月は朝《あした》、花は黄昏《くわうこん》うすなさけこそ片戀の至極とおもへ

「馬賊頭目列傳」一巻黄金週間《ゴールデンウィーク》にごろ寢して飛ばし讀み

戰ひもまして平和もなしさくらさく日本のとはのたそがれ

繪暦の端午　緋鯉を指さして「手負ひの鯉の總身《そうみ》血まみれ」

鷗外は「だつた」を嫌ひ「であつた」を選びき　茘枝熟るる五月

ふるさとは櫻桃腐《くだ》つ黴雨《つゆ》なかばみなすこやかに死にかけてゐた

かみかぜの伊勢撫子のみだれ咲きざくりと剪つてままははの日ぞ

木星は森林浴の樅の香をつたへてわれの夢ふかみどり

睫毛雄蘂なす悪友のその死後にそなへて「風信帖」の曝涼

われが捨てたる艶笑落語全集も呑みて集塵車が奔り去る

桂文樂テープ「明烏」が中斷　まづしき夏のヴァカンス果てつ

滅私奉公、飯も食ひかね龍膽がこれ以上濃くなれぬ紺青

「三文オペラ」九十年史マッキーもジェニーも霧の底に眠りて

原子爐大内山に建設廢案となりにけりすめらみこと萬歳？

マクベスの魔女よりもややかはいくて元愛國婦人會會長遺影

Ⅲ

厩戸皇子《うまやどのみこ》、またイエス呱々のこゑあげたりき　馬の尿《しと》するあたり

紅茶澁し寒は土曜のありあけにカフカの二番煎じ讀みをり

葛原妙子の侍童ならねど胸水の金森光太　そののちいかに

昨日の朋は今日の廢物左義長の火中に廣辭苑第一版

淡紅のけむりなびくは山門の仁王エイズ死してその火葬

寢臺はある日突然屍《し》の臺とならむしろがねに散るやまざくら

あくがれに似て花の夜に眺め入る空冷式チェコ機關砲の圖

春疾風《はるはやて》吹きおろしくるきりぎしの悲鳴はみどりごかその父か

空海忌　海芋百莖眼前に咲き咲き咲き咲いて死後も蒼白

ひくひくとあぎとひゐるはあらざらむ平和一日《ひとひ》のはつはつ鰹《かつを》

なんぢの欲するところをなせと聞きしのみ牡丹打重ならぬ四、五片

無爲なりしかばさきはへる一日と憶ふ沙羅の花も落ちつくし

天氣晴朗にして敗戰のその朝も孜孜と燒屍體を埋めゐしが

終戰と敗戰の間のクレヴァスをさしのぞきつつ死にそこなひき

百米先の曼珠沙華が見ゆる眞晝　何人《なんぴと》の死も見えざるに

五世紀後世界滅ぶるそのゆふべ瓜食みてゐむわが子の子の子……

肝膽相照らす二人が肝癌と膽石　夜半の紅葉《こうえふ》黑し

井戸茶碗われには侘びと詫びの差が解《げ》せざるままに山茶花匂ふ

軍艦マーチは似而非《えせ》ロックよりましなどと嘯いて二次會より遁走

われには冬紅葉の賀こそ刎頸の朋も他界に刎《は》ねらるるころ

白馬《はくば》十八頭一齊に放たれきどこのいくさにむかふのだらう

跋

この星の名を苦艾といふ

『獻身』に續く第二十一歌集を『風雅默示錄』と名づけた。もとより彼岸に聳え立つ、『詩經』の國風、大雅・小雅を意識下においてのことながら、果して、二十一世紀の詩歌が如何樣に變貌してゆくかは想像をゆるされまい。私の作品は、いはゆる「風雅の道」から次第に逸れつつある。そこにこそみづからの存在理由はあつた。あり續けるかどうかは測りがたい。しかも「覬覦《きゆ》」を試みようとしたのが、この擬アポカリプスに他ならぬ。

第二十歌集には「一九九四年六月二十九日永眠の畏友政田岑生にこの一巻を獻ず」と卷末に記したのみ、序跋注一切をさしひかへ、一巻を以て誄讃に代へた。本年六月二十七日私の菩提寺で三周忌の供養を修し、秋には心新たにこの默示錄を彼岸に手向けることを約した。一巻五百首すべて故人歿後の作である。すなはち前歌集は九四年八月發表の悼歌、「獻身」六三首を卷末とし、新歌集は九五年一月初出の「百花園彷徨」に始まる。また卷末は今年八月初出の「滄桑曲破綻調」で閉ぢたが、主題「滄海變爲桑田」の、これまた『神仙傳』が告げる默示の懼れは、必滅の明示として作品の基調となつてゐる。

遁走曲若衆《フーガわかしゆ》、風雅和歌集　人生をかへりみば水の底の紅葉《もみぢ》よ「窈窕たりしか」

日本も沙汰のかぎりの夏果てて白きかたびらただよふ盥　同

眞晝十二時ほろびたる國日本を斜《はす》に咲き奔れり曼珠沙華　同

第三の御使ラッパを吹きしに、燈火《ともしび》のごとく燃ゆる大いなる星、天より隕ち來《きた》り、川の三分の一と水の源泉《みなもと》との上におちたり。この星の名を苦艾《にがよもぎ》といふ。水の三分の一は苦艾となり、水の苦くなりしに因りて多くの人死にたり。

「ヨハネの默示錄」

「風雅」の底には「國風」「大雅・小雅」がひそんでゐるやうに、「默示」の底には、新・舊約通じて唯一の「アポカリプス」たる「ヨハネの默示錄」があつた。この「默示」がそのまま、八六年四月二十六日のチェルノブイリ原子力發電所事故を暗示告發してゐると信ずるには、餘りにも次元を異にしすぎてはゐるが、あの麻痺性毒素を含むアプサントの原料アルテミシア・アブシンティウム＝苦艾との文字謎的預言は、私を煽り立ててやまない。いつの日かチェルノブイリなる地をひそかに尋ねてみたいと思つてゐる。

第十九歌集『魔王』の跋には、九二年度の歐州旅行、北イタリア周遊について其の印象を記しとどめた。そのかみ、茂吉が『遠遊』『遍歴』に記し殘した歌枕は悉皆、文藝春秋刊『茂吉秀歌』のために必ず訪れようと、各年のスケデュールに鏤めておいたが、これは二、三年で目的を達した。基督教四大聖地も、ローマはほとんど毎年、好むと好まぬにかかはらず立寄り、ルールドもサンティアーゴ・デ・コンポステーラも、八五年と八九年に訪れた。が、イエルサレムは政情に鑑みて二の足を踏んでゐる。

七五年のハワイ以後二十年間、一、二の例外は別として、フランス／スペイン／イタリアとラテン系諸國を中心に、私の歌枕をこの目で視て回った。シチリアへ八三年・九四年の二度も渡つたのは、一にゲーテの『イタリア紀行』の鮮烈無比のシチリア讃美に魅せられたからであつた。あの紀行文中で著者が、單なる野菜のレタスさへ、シチリアのそれは比べもののないほど美味であり、その語源が〈乳＝lacteus〉にあることを想起するといふくだりに微笑し、パレルモの海岸で眞夏、生牡蠣に檸檬を搾りかけて、強引に勸められたことさへ再訪への誘ひとなつた。一昨年の再訪時は、島全體、殊にパレルモを中心に、マフィアの領するところとなり、慄然とするくらゐ血腥い雰圍氣に變り果ててゐた。

九三年はブルゴーニュ／シャンパーニュ／アルザス／ロレーヌに遊んだ。メッスに赴けばヴェルレーヌの胸像に敬禮し、その墓に花を供へ、シャルルヴィル・メジェールでは、聞えたランボー記念館で彼のアフリカ時代の旅行鞄に、その三十七歳の無慙にして無殘な最期に思ひを馳せた。コルマールのウンテルリンデン教會で、四半世紀あこがれ續けた、グリューネヴァルトの酸鼻極まる磔刑圖にめぐりあつた。あまりにも詳細懇切な豫備知識のため、かへつてデジャ・ヴュ感がつきまとひ、感動は豫期したほどではなかつた。だが十日經《た》ち、一月《ひとつき》を隔て、一年が周ると、あの血と膿の臭氣さへ漂はす無殘繪の迫力は、次第に鮮やかになりまさつた。それゆゑに再び訪れる氣持も今はない。

九五年夏はスイス一國の要所要所を氣儘に逍遙した。殊にチューリッヒやサンモリッツで、あるいはベルンで眷戀の畫家の作を心ゆくばかり觀られたのは大きな收穫であつた。殊に三度目のサンモリッツのセガンティーニ美術館よりも、チューリッヒ美術館で私が最高作とする「よこしまの母たち」に邂逅し、郊外の私設美術館でスイス出身のハインリッヒ・フュースリーの繪、それも「眞夏の夜の夢」を發見したことも、私にとつては意外であり、この繪の極く一部分が擴大されてキネ版メリメの「ラ・グズラ」の表紙に使はれてゐるのにも驚いた。ベルン市立美術館では、この街の郊外で生れたパウル・クレーの作品の數多に對面した。初期のエッチング「樹上の處女」から、一九三〇年代以降の晩年のものまで、クレー愛好者にとつてはまさに天國を感じる所として忘れがたい。

九五年九月二十二日、不思議な人物に邂逅した。ナポリ生れの女性でローマ大學の東洋學者パオラ・アンジェロ博士、日本語にも堪能、平假名は自在に讀み書きができるので、たとへば新古今集は何度も通讀したといふ。私の作品もかなり讀みこんでゐるらしい。自己紹介終るや早速設問、イタリアにも各種の文體を有つ詩人を數へ得るが、たとへば十三世紀のダンテ、あの『ディヴィナ・コメディア』の中世イタリア語で作詩する人は皆無である。あなたを含む日本の詩人はなぜほぼ同時代の詩人と等しい古典語で、この二十世紀末に詩を作られるのか、それは切實な必然性を有つてゐるのか……。

まさに虛を衝かれる思ひがした。その時はアンジェロ博士に微笑を報いられつつ、古典と現代が〈調べ〉をメディアとして、美しい邂逅を遂げる例を擧げておいた。彼女も必ずしも深逐ひはしなかつたが、次にイタリアへ來られたら、是非ナポリを訪れてほしいと、社交辭令拔きの希望を傳へられた。博士の設問に果して明答は可能であらうか。あるいはこの「明答」こそ、二十一世紀風雅默示錄ではあるまいか。

目下東京「ゆまに書房」の慫慂により、全集發刊の準備中である。作歌半世紀の記録はその收拾にかなりの時日を要するが、政田岑生の後繼候補者も控へてゐて著々と準備は進められてゐる。「全集」は、私の、二十一世紀に乘出すための、重要な「通過儀禮」の一つとして、みづからを監修するつもりである。

ノルマンディー／ブルターニュへの旅行を控へて、九六年八月七日

著者

神變詠草・九　『蹴球帖』

【凡例】

一、日本現代詩歌文学館に収蔵されている、塚本邦雄自筆の「歌稿ノート　一九五五・六〜一九五五・一二」を翻刻した。
一、歌稿ノートは、塚本邦雄が追い求めた歌境を象徴する「神變」という言葉を用いて、「神變詠草」と総称することにした。本編は、巻末の歌に因んで、「蹴球帖」と仮に名づけた。
一、翻刻に際して、漢字は正字表記とした。仮名遣いに関しては、自筆通りとした。
一、推敲の跡が見られる作品は、可能な限り、自筆ノートに忠実に翻刻した。
一、作者の誤記と思われる箇所や、仮名遣いの誤りのある箇所も、原文通りに翻刻し、「ママ」と傍記した。
一、自筆ノートには推敲の途中形のものがあり、五七五七七の定型に納まらないこともある。

June '55 ～ Déc. '55

屋上苑より罌粟の果投げてゐるわれとわが生くる地の暗き斷然《ママ》 「斷絕」カ
家にわれを待つものなきに夜の果舗の(うづたかく饐えし《傷つきてにほふ》)早熟の枇杷
たたかひの日はたたかひにまかれゐしわれに銳きピカソのゲルニカ
決死隊のごと炎天を行くときをあぶらびかりの黑き澤瀉
メーデーのものおともなく夜にいりて激しつつあり水中の雲丹
赤旗に雨ふりあかきしづくせり卑怯なるわれのはるけき視野に
離婚後の父につきつゝ子がさらふバッハ平均率《ママ》ピアノ曲集

生ぬるき水　獣園をめぐりをり飢ゑたる火喰鳥の檻にも

寒き日の身をしばしばも運びきて檻の狐とともに息する

鈍色のけむりこころのごと騰りをり七月の遠き晝火事

不満もちて犬が歩けり　メーデーの列（轟）《雑》然とすぎたるのち（に）《も》

生誕の町を電車に視つゝゆく西日底までさしつゝ昏き

不幸つゞきし家を越すとて中年の夫婦が薔薇の苗掘りおこす

花刈られゆく蓮池のざわめきを見つめをり妻が身を固くして

人體模型の（暗）《蒼》き内部をのぞきをり夕餉（には）鱈子（喫ひたる）われ・・・《の胃の中》

愛に憊れたるわれら別々にゆく日曜の椅子つめたき寺院

父遺愛の睡蓮咲けり根を壜のぬるき水中にふりみだしつゝ

肥りたる妻連れて來し汝もかつて淸童聖歌體《(ママ)》の一人

かなかなの執《(ママ)》ける晩夏の黑き樹の一本ごとににくしみつのる

暗綠の梅雨の二つの洋傘が竝び(つつ《て》)中にあらそひつゞく

憊れたるわれの前にて積まれゆく鋼索の痕赭き杉の材

玉葱が抜かれしのちの葱くさき地(におとろへし犬が夜々來て《みつつわれのおとろへしるし》)

百合の花地に咲きたればそれを伐る黑くみにくき人間の沓

赤き旗の何信じゐる青年か眼の中に梅雨の荒地うつして

雇はるる(もの)かぎり不滿はたゆるなきわれら水面にたまごうむ蟲

寒夕べ生きつゝ剝かれゆく牡蠣の湊色にわが青春了る

勞働祭のあと生々と擾れたる道を乳母車がゆききする

乳母車七月の坂ころがりて子の汗くさき(未來)暗き未來へ

暑き日の檻の北極熊朱き舌吐けり　われに近づく不惑

いさゝかの憐憫のごと火をちらし汽車が花なき蓮田をすぐる

母國なきは淸しからむにシリアより人來て棲め(り)る肉色の薔薇

基地さむき鶏頭植うる街竝の何か植ゑねばたへ・《が》たからむ

黑錆の一部刃のごと光りつつ連結器嚙み合へり夏曉

赤き皮剝かれし杉が累々と積まれゐてさむし敗戰紀念日

大和心とかつていはれし櫻さき又いづこにか黑き旗なびく

下婢の戀むくいなくいくたびか染めかへて樺色の夏服

原爆忌炎天に出て母が子の白服を蒼きまで晒しぬく

われら汚れたる手洗ひし夜の潮が見えざるソ聯の方に引きゆく

たれか心ひそかにいくさ待てるありくだけつゝまなこひかるうつせみ

兵隊をあまた生みしがみな死にて老婆がつぼに飼へる鈴蟲

少女少年より無頼にて樹蔭なる梅實をきざしすぐくさりゆく

蒼き肉ふとわれに似し生牡蠣を嚥みたりにじみくる冬の汗

腹充ちて聖餐の卓離れむと最後の水をむさぼりのめり

喫泉のまはり汚れし夜の驛に一つかみほどの英靈還る

聖餐のをはりのゆびを洗ふとてそれぞれの水をなまぐさくする

聖菓(値ぎりて《朱きを》)買ひきたりし(が《に》)末の子がつかみて襤褸のごとく汚せる

スラム街に日がさし雨期の窓々が吐きだすごとく物干し始む

原爆忌街湯混雑して嬰兒らが殺さるるごとく洗はる

水道管うめ（て）《し》地の傷生々とつゞ（きを）《け》り（われの）（あかときの）（墓地まで）《部屋の下より》

火喰鳥檻にて羽がぬけかはりつゝありわれら蒼然として

軍國詩人詩碑除幕式えりに雪ふりこみ《て》・（そびら）《背に》したゝりおつる

基地の生姜紅くあたらし「朕惟フニ國ヲ肇ムルコト宏遠ニ」

寒の（雲丹）なまこうすく削ぎつつ「軍人は忠節をつくすを本分とすべし」

提督ある夜釋放せらる水底の航空母艦（のごとく）《よりも》ふやけて

日蝕みる人らのこゑが地下室にまできこえつつ煮らるる卵

（しやぼん玉）（出口暗き）育兒院・・・《の暗き口》よりしやぼん玉魚卵のごとく連りいづる

革命軍傘下にいりてより水が徐々にたまりて來し地下酒場

鐵工所鐵屑つみて七月の・・・《ひるの》ねむたき街をへだつも

靴の釘あうら刺しつつかの夏のわれと同年の男死罪に

少女孤獨なるその父のため果舗に一つかふ輝かぬ冬の桃

狐色の毛布に己れ沒してねる　賣るべきイエスさへ（あら）《もた》ざれば

椅子より細き足くみ日々に怒りある原爆後遺症の家具商

人ら忘却することはやく花ざくろの下（に）健かに坐す老閣下

人死にてすぐ翌日の店あつく朱のペンキ ドラム罐よりあふる
われの性かすかに善につながりてさむき日の塗料店の朱の樽
日々の不安より遁れむと優良種番犬のための番人をおく
アイゼンハワーの蝗に肖たる笑顔あつくるしビールを喇叭のみする
革命軍に參加してよりをしみなくふくれ面して吹く銅樂器隊《ファンファーレ》
自衛とは 七月の陽の灼くる下 袋かぶされし千の青桃
われにまさるものを惡みてたそがれのあぢさゐを剪りつくし丶不安
若き王若き奴隷と黒きひびへだてけむるエヂプト硝子

香油に胸ひからせしイエスいまあらばわ(れが賣りたし)が裏切らむユダより先に

五月祭の列に(う)あとよりおされつつかへりきて白き錦魚をかへり

あぢさゐがけむりのごとくくれゆくをみつゝあり君も短命ならむ

火喰鳥(來て《やせし》)日本の役人の顏見て啼けり檢疫所まへ

祝婚の青年かへりきて夕餐がつがつくらふ何怒りてか

われら不惑ある夕ぐれのくさむらに黐竿があり砂にまみれて

生きのびて戰後ありしが紅茸をくらひ死にたりとぞ提督も

弔砲コップの水にひびけり異國の王死にしか殺されしかまだ知らず

（千《夜》）の蟻地獄（に）に雨があふれつつありき少女よアメリカへ行くな

サーカスの天より墜ちし青年の死體橄欖色にうつろひ

皆敵にまはしてかへりきしつゆの床下に蟻地獄氾濫

戰爭の終りすなはち始りのくろずみて赤く咲くゼラニウム

原罪われの死後ものこらむ炎熱のさめざる煉瓦塀のつらなり

輿論（つねに《いつも》）われと無縁に養殖の牡蠣剝かれたる洟色の肉

一切誓はざれども（夕べ《あつき》）くらがりに脂汚れし電球ともる

素直ならぬある夜のわれを罰すると熟麥の穂のきみのくちひげ

逢曳を違へてこころよしトマト數百本の青き立枯れ

老いびとのうすらつめたき手に・・・《豫後の》少女空蟬のごといたはらる

夜の河をひつかゝりつゝいつまでも流れゆく棄てし枯向葵《（ママ）》が

たえまなくわれを淩ぎてのびつつある酷熱の午後二時の鷄頭

冷酷に半生過ごし來しか夜の雨の綠青色の葡萄樹

紙婚式いつかすぎつつ晩夏の赤きたゝみにひかれる鋏

政治よりはみ出して生く結核のわれもバケツの水のむ犬も

いかなるいかなるいくさにもゆかざらむ孟夏の紫蘇の黑き血のいろ

夏風邪の辛きあつものわが前に沸騰寸前にてなまぬるし

もつとも得意なりしは兵の頃らしき男(が)(ソファ《安樂椅子》)に陷沒(しつつ)

おとろへておそろしきまで水を欲る・夏《晩》　近隣の野犬みな雌

(不安なる《みじかからむ》)平和の(中《日々》)(に《の》)(息しつつ)(夏《(春)》)(すでに)夕(べ《ぐれを》)黑きかすみのごとき蚊柱

[2]炎天の砂かぶりきし髮　[1]熱湯に根までひたして洗ひをり

女にくみつつ待つ前に男來て吸殼をながき錐もてひろふ

チンドン屋かなしきばかり響りゆきてのち炎天(の)が黑く輝く

平和といふときにこゑ低むるわれと風船ひつかかる雨の屋根

睡眠の中にしたゝる汗　黒き人間《ひと》のかたちの鹹湖(を)つく《なせり》(らむ)《れり》

革命を嗤ひつつ待つ弱者らのぬれたる背に歸巣する蚤

1 Juillet og.〈ユダ遺文〉

七月

青年嘔吐に堪へをり鮭のやうに眼をうるませて暗き革椅子のうへ

ジェット機の下に眼つむるにくしみを果實の核のごとくつゝみて

ひびわれし夏の枯苑にて得たるひまはりの夭き罪のごとき果

熄燈器《エテニュワール》もちて夫人のあらはるる夜會むしあつきたくらみに滿ち

鼻とがり女信ぜぬ面すがし貨幣に彫られたるわが祖先

アメリカ兵撃ちたる記憶　雨の日の向日葵の蒼き花芯くろずむ

ふてぶてと生きて卵を喰（ふ基地の《ひをり》）土色の基地の蝶々夫人

たたかひの前ものちにもあぢさゐの静脈色の花夜は見えず

革命あらば先づ糺されむ父が夜の水槽にねずみ捕りしづめをる

青年が肩そびやかし曳かれたるのち雪厚き幕のごとふる

母をあはれみつつ愛せざる晩年の父のオリーヴ園濃く茂る

アメリカ（の）映畫ジャング神々しく死にて齒が上下かはるがはるに疼く　「ジャング」はママ

ひまはり實となりて始めて頸をたれおとろへし牝犬とむきあふ
惡なさむ半生われにのこりをりこよひ牡蠣くらふ生殺しにて
われの過去にかゝはりありて離れざる青年の齒朶のごとき肋骨
人間の近づく時も重りて昆蟲館(の)に生くる斑猫
基地の幼き子の原爆忌　うすよごれたる鶏の・《羽》風中に追ひ
隣人をわれはもつとも惡みゐて水に(產)卵《うむ》・・(する)脈翅類
不信もてわれら繋がりかまきりの卵膠のごとく冬越す
いかり易くゐつゝ晩夏の(砥の色の《冷まじき》)涸河を河口までたどり來つ

いくすぢか晩夏の河が人間・《の》すむ街にあつまりて涸れ(を)《ゐ》る

重き睡りわれにつゞきて冬近くつるばらのつる縄のごと枯る

寒き日の河口が蒼くあふれつゝ見ゆ・《る》(わが)・・・《ひとりの》徒食の日々に

不幸にてたくわ《(ママ)》へおきし結婚の日の(生ぬるく)うす紅くつめたき西瓜

誕生日皮撓ふまで(古)ためおきしレモンをうすくうすく輪に削ぎ

月下氷人のみさしの葡萄酒に蠅溺れつゝ暑き結婚

無頼の友死ねり市井におそらくは黒鳥のごとその胸はりて

美は孤ならず黴雨の卓にひろげたるヴォーグに黒き頸さしのべて

にくにくしきもの油蟲 犬殺し ジェット機と夜も灼くるひまはり

悲劇つねに父に創まり（炎天（の地に）灼けつつ昏き《雨季近き砂になすなくゐる》）蟻地獄（あり）

あひびきのその雨ののち逢はざれば皮膚病のごと黴びし洋傘

名門のひとりの少女蒼白き顎くびれつゝ何も愛せぬ

開墾地馬鈴薯石のごとみのり青年期すぎてひそかに娶る

汗して（金《パン》）媚びて（パン《和を》）得つ　ひまはりの切口骨のごとく固り

蘇（らざれば）（り《ら》あら）ざれば・・《四肢》なほなめらかに（四肢）たれゐつ（つあ）らむ・・・・《かつめたき》〈ピエタ〉（は）

寫眞にてエジプトの（夏《冬》）うつうつとかむりて籠をはこぶ男ら

（女《神》）學生群に見られて牝豚らの仔を生むまへの桃色の腹

忠魂碑の花ぬるぬると溶けてをり死者よりも生けるものをおそれよ

眠たまなこにさぐる新聞　ソヴィエット・ロシア農民の怒氣滿つる貌

父母にくむ心新樹の枝をれし林中にわれの髪膚にほひて

寢臺修繕し（て）ゐる男をひややかにとりまける部屋の眞紅の不在

羽むしりし鷄のゑのよこ凡庸の眼鼻もつ自畫像のスーティン

舌だるくラ・ヴィ・アン・ローズくりかへすアームストロングの煤色の貌

時々は人殺すことたくらめる少年としめりたる落花生

日蝕観測隊の青年夜は何をみつむるや髪を額にけむらせ

祝婚の辭ののち紅き肉いでてにぶきナイフをがちがちつかふ

結婚(の前《近し》)旱天の下《(日も)》 河口までとけつつ流れ來し・海《花》月(見て)

早婚の二人のコップくもりつゝレモンの種子がすべり廻るも

激し易くゐて愛慾にとほきわが生月を熱月《テルミドール》と呼べる

人の妻となりて汗ばみやすき手に鮮紅の削り氷く(み)《ら》(ひつゝ)《へる》

腸詰の朝餐ののち唇ひかる司祭が說けり〈空の鳥を見よ〉

生れいやしくして豪華なる娶りなすくびかざり首にくひこませつゝ

極右祕密結社生れて幾千の袋の中の蒸るる青桃

地下酒場に水じりじりと溜りくる日本のむしあつき巴里祭

母に似しわが狡猾の愛人にさゝぐ炎日のあかき花束

雨の中の赤旗赤きしづくして彼らもしぼれるだけしぼり(ゐ《を》)る

生きのびて愚かに暑し火鳴《(ママ)》鳥(蒼《凄》)然として羽ぬけかはる　「火喰鳥」カ

水に卵うむ蜉蝣よわれにまだ悪なさむための半生がある

吾が行くかたへ暑き光りの中あゆむ傲然と汚れたる牝駝鳥

靴の中にゆびゆがみつゝイエスさへ我を愛するかと三度いへりき

海月微塵に酢にひたされし夕餉あり革命嗤ひつゝ待つわれら

ピエタの圖に煤つもりをり蘇らざらばイエスもわが愛得むに

屋根を赤くぬる男(あり)《ゐて》暑き日の荒野へぢかに街つゞき(ゐて)《たり》

雨季の樹蔭に夕日たまたまさしゝかば忠魂碑のみたちまち乾く

不安なる今日の始まりミキサーの中ずたずたの人蔘廻る

平和のつどひのビラ貼りがきてずべずべとまひるの水に沈みし海驢

轉々と戰後(ありしが)まづしくあり經つゝミキ(ー)サーの中の黑づむ《(ママ)》林檎

他國の革命紀念日くれて生き生きと黑蝶の翅の下の少年

教會へ赴かむ五月のくらやみを風船賣のうしろにつきて

われと巷をへだつ硝子戸よぎりゆく頭に何か重きもののせし影

烈風が電車の内部ふきぬけて（少女《老婆》）はためきを（り《る》）文化の日

文月夜の驛の一隅かゞやきて青年の汗の香と桃の香と

火藥工場内の遊動圓木が若者をぎつしりのせて撓める

彼ら巧みに生きつつすべて孤獨なり　月（火）光の灰色のひまはり

ピカソの〈人間喜劇〉見てきて雪の夜の浴槽にみなぎらす熱湯

新樹（の枝《ひととき》）夜も光りあふ一隊の若き無頼の徒がとほりぬけ

七月の昏き港の檣燈がともる銅色の水夫の上に

鶏頭きずつきてしたたるあつき日の基地ふきぬけてくる烈風に

少年若き父と安息日をすごす濡れたる壁に空氣銃うち

結婚被露《（ママ）》宴への招き赤錆の自轉車がこゑもなく置きて去る

虹色の汚《ゑ》をしたゝらすあつき夜の海に泊てたるギリシァの船が

炎天におし黙りたる僧院の裏門脂じみつゝ冷ゆる

母の懺悔きていでくる神父の面　放たれしミンゼンティ卿に似て

妻うしなひし電工の部屋西日さしカナリアが汗くさく生き(を)《ゐ》る

十年經て混血の子がひわひわとかひつゞけきし老十姉妹

ながき雨季の地の下(なる)《ゆく》地下鐵(に)《へ》下りゆ(く)《けり》安息日の家族たち

罪ふかき未來もちつゝ少年が椅子にねそべり聽く受難樂

今日愛し明日は或はにくみゐむ青年とくらふ黑き櫻桃

背水の決意をもちて眺むるに空壜と下駄と浮く夜の河

饒舌(も)《より》默(も)《が》くるし(き)《も》七月の常綠樹が赤きわくらばちらす

枯ひまはり孤りみつめてゐし君の褐色の眼に今われうつる

鳥屋にてつるされし雉子その內部くさりゆきつゝ光る彩羽

空にのぼる前の電工・《削》氷(片)を(かじり《すすり》)をりオリーヴ色の胸曲げ
安息日の暑き干潟をわたりくる司祭玉葱色の脛して
遺産相續のつめたき顏そろふ愛もてつどふごとき濃き燈に
戰後にて天使の玩具腹中の鉛足りねばころがり易く
もとナチの果舗の娘が空中に綱渡藝人《フェナンビュール》となりてゆれゐる
愛す愛す愛すと唄ひ遊びゐる基地の子どもの近眼の耳
僧正が戰沒者へのミサ絕ちて後 僧院に殖ゆる金蠅
姦淫する勿れと殊に說かれをり男性稀薄なる司祭より

未來にたしかにあるはたゝかひのみ夜の南風うすら（さむく《つめたく》）北（さす《へ》）

熱砂にあゆみいらむと沓を（ぬぐわれら《ぬぎしより》）にはかにみじめな（り《る》）けふの逢ひ

冬の雨干潟にふりてよりあへる死にしひとでと水中めがね

混血兒黑き爪もてレモンの皮むき終りけり　啖はむとする

懺悔終りしあつき（舌《口・息》）もてふきとばす夜をうるほひし砂の上の蟻

あひびきのため心せく青年につきて（ひやされ《ただよひ》）ゐる（河の《ひやし》）馬

ぬるき火にあぶりてくらふ炎天の畑より紺の茄子をとりきて

夜の畑の青きトマトをむさぼれり烈しく罰せられし少年

運ばれゆくピアノに逅ひて身を固くせり春苗を賣る老農夫

蟲干のくらがりのもの炎天に出てたちまちに祕密うしなふ

肉色のゴム・ホースより喘鳴がひびく炎暑の夜の水道

女思ひつゝ四肢ぬぐひゐたりしが水壓ひくゝなりたり。すてむ
(北國《青森》)にうつらむわれら《われらうつらむ》枯苑(に《の》)ひまはりの果をあまたのこして

祝婚の夜の南國の青年がしぼりてほろにがきレモン汁

黒き油槽くらがりに立ちそのかげに憚りおほくともる愛の巣

修道院前庭に掘り出されたるガス管のすなほならざる群り

西日の部屋の中央火刑臺のごと(炎)あつし朱欒をつかみてすゝる

寺院のかべぬられてこよひ幾百の・・・《聖なる》ぬれむしろ(もて)《が》おほ(ふ)へる

下僕たりし父(　の　)《の子にして》墓參よりかへるこげくさき夕立の中

炎日の畫展より運び出されゆく暗き油彩の少(年)女像あり

忘られし天皇の忌の(屋上)《もの干し》に菜つ葉服一日中はためける

戰後殘飯少きときに生れしが老犬となりなほ貪れる

負債かさみゆく地下酒場花氷のこり(て)くろずみゆく午前二時

娼家出て黑人兵がふるさとのごと(き)暑き夏まつりに逢へる

百合木乃伊のごとくに枯れて晩夏戀知りし青年穢るるなかれ
清貧のある日果汁を貪りてかつ渇きよみたどる默示錄
あひびきの夕《よ》を心せく青年が手荒にひやしゐる幼な馬
亡命のごとく少女と來て酢牡蠣喰ひをり見知らざる街の夜
何かまたたくらみてゐむ元空軍參謀の鼻朱欒のごとし
ブルガーニン首相惡相蒟蒻をつゝみてかへる新聞のなか
革命の後は君らも密告者なりや肉色に古ぶ赤旗
酢の中に洟色に死ぬ牡蠣　かつてスターリン讚歌書きし詩人は

馬糞埃となりて四散す　中(國)共の密告者らを悪みゐる日々

記憶いくさの日までたどりてその底に馬鈴薯ころがれる乳母車

巴里にてかの男たのしみゐむ冬のみじめなる星ともなふ射手座

死者を(昨夜)一夜てら(れ)《しとほ》し・《て》曇りたる電球軋りつつはづされぬ

中年は至らむとして夕されば蹌踉と薄墨いろの鷄頭

放埒の長子にくまれつゝ老いて嘸みくだす朱をおびし卵黄

同年兵ともにみにくく老い集ふ平和なる溫泉旅館〈薔薇莊〉

かつて一縷の希み平和にかけゐしか斷水の水道の空鳴り

われの未來に關らざれどかすみつつめぶ(く)ける基地の灰綠の樹々

・・・・・・《どこか古びたる》唯物論子に說けりとほくにて煮られゐる玉葱か

酷暑しづかなる老年の欲望と桃色のトマト水に沈める

粥の鹽淡々と身は病みゐつゝ花びらうすき酷暑のあふひ

老婆たち(團りて)叩《はた》きゐる胡麻とびちらひ蝨のごとし飛行基地にて

司祭還俗後を零落す(カナリア《シェパード》)に氣紛れに豪華なる餌與へて

夕ぐれのやどかりのごと干潟ゆく裸體みじめに老ピアニスト

ハンモックの網顏中にくひこませ嬰兒眠(り)れり　明日原爆忌

あつさのみ昔　敗戰紀念日の獸園の機嫌わるきペンギン

てのぬくみもてる卵を地におとすその地を遠く機關車走る

娼婦マリアの子も父無し子　クリスマスくる北方の基地に光榮あれ

敗戰紀念日の獸園にまだ生きて苦しみて水すれる火喰鳥《エミウ》

晩夏うちら暗きサーカス　白馬は少年のごと汚れやすくて

ピカソの〈ゲルニカ〉生々と夜の壁に光りて畫商夫婦確執

鋼鐵の貨車ゆく先に人間があはれに種々の旗ふりあへる

原爆忌（の）髮の毛色の（秒針《はぐるま》）が狂ひたる時計の中に生きゐる

かつてパン屑くれし神父にわが犬が鎖じやらつかせて阿れる　注　おもねれる

肉屋の肉のにほひの中にかつ（匂《臭》）ふ　炎天を來しみづからの髪

元空軍參謀のくびより太き切株に雨のふる飛行基地

あふひてつぺんまでさきのぼりラヂオより慇懃無禮なる暑氣見舞

基地の老娼婦みゆきが子に教へをりあはれ艱難汝を玉にす

パン乾きたる夕餉がわれを待ちゐむと曼珠沙華みつめをり口あけて

枯れをはりたる蓮池に手のとゞかざる一莖がみどりをのこす

炎天を老婆があゆみひびきくる樂は〈三つのオレンヂの戀〉

汗の馬過ぎ點々とぬれし地を見下せり天の老いし電工

蔦の根にさむき風ふきかず知れぬ葉が紅葉せり殉ずるごとく

我をつねに抹殺しつゝメーデーとなりゐたる朝のさむき牡蠣汁

少女戀の始め眩しく翳したるゆびの間の湖色の眸

新婚りせし硝子工らがあふぐゆゑ冬の星ちかぢかうるむ

戀破局に瀕しつつゐて薔薇苑をかこむなめらかなる針金よ

轍轉（ママ）手の余生　炎天下のレール錯綜しつゝ黑く霞める　注「轉轍手」カ

母に天國うべなはしめし神父にて夜の斜塔のごとき鼻もつ

天國地獄みな日常の中にありて司祭の爪の垢みどりいろ

老婆ぬれたる枯葉焚きをりうす暗き疾風の町の吹溜りにて

原爆忌遺りしものはかたくなに生きてかわきしパンむしりをる

晩婚の二人片足づつのばし夜のオルガンのペダル軋ます

原爆忌生きのび（し）て喰ふごわごわ《ママ》の（ラ）カレー・ライスの中の髪の毛

袋小路酷暑の窓に金蓮花咲かせをり若き税吏夫婦が

炎熱の夜の生卵悪のごと固りそめしもの嚥み下す

晩夏眞夜サーカス黒き入口を閉すより内部腐りだすか

モナ・リザの背後を見つゝうそさむくわれの內部にひろがる荒地

豚や軍鶏、父にもわれの內部にも重き血つまりのたくるパイプ

陰険に光りたゝへて日没の食卓にくさり始めしトマト

老婆うすき牛乳のみて・・・・・《はやばやと》寝るいくばくか生命のば（さむ悲《す》（観）願か知《か》らず）賭けむ

革命ののちもまづしくわれらゐて床下に卵生まむ蜥蜴ら

革命いつのことか暗渠にくびのべて・犬《牝》が（仔を生む前の《ほそぼそと》）水のむ

基地雨季の運河じりじりふくれゐて犬捕が犬に水のませをる

原爆忌迫る廣場の喫泉がいたみて赤き水吐きやまぬ

影繪芝居のドン・キホーテの活躍を父の頭がをはりまで邪魔(になる)《するも》

人形劇聖母マリアがぐなぐなと歩みをり(無精)(に)《むらむらと》腹(が)たつ

人形劇聖母マリアがぐなぐなと歩みをりイエス胸にみごもり

婚約者よりおくられしオルガンの低音くるひゐて豚のこゑ

原爆忌の刻々の音内部にて鳩が死にたる鳩時計より

無爲の手の愛撫うるさく飼はれつゝ夏ふけし鉛色のうぐひす

漕刑囚《ガレリアン》のはるけき末裔か花もてるときもその(胸)《肩》もり上らせて

原爆忌街中にきき人間のこゑよりさむし一つ老鶯

われの戰後の伴侶の一つ陰険に内部にしづくする洋傘も

野分すぎし地にはりつきてあざやかに國籍不明なる萬國旗

映畫にて星條旗ふみにじれるを拍手せし(子)父の(娘《子》)が(先《早》)死に(き)す

og.〈花を持てる男〉

八月

檻のある感化院にて籠の中のきりぎりす鉛色に老けつゝ

愛す愛す愛すとうたひ遊びをり愛さるることなき基地の子ら

さむき日のわれのゆくてに生々と褐色の水おしあふ河口

戀愛憎惡もて終了し古びれしレモンの內部にて萌ゆる種子
煤色の混血兒らも清潔に生きよ　暗渠に薄氷光る
皮、人間のひふのごとくに古ぶまでレモンたくわ《（ママ）》へおく不幸にて
希臘船水夫眠りて初夏の海に虹色の穢をしたゝらす
原爆忌生きのこりしは頑にうしろむく髮赭くすえつゝ
羊齒の葉(の)うらににじめる金の花紋あり翳多きわが生の紋章
豚の心清潔にして啼きゐるか喰ひゐるか眠りゐるか。他なし
約婚の使者來るべき夜の地に高壓線が垂れさがりゐる

減食の夫妻の夜の食卓に生きいきとして死の色の獨活

女に飼はれゐれば閑けし西鶴忌過ぎて敗戰紀念日の豚

父の死の後にすゝけて天皇の若き寫眞とラムプと下駄と

動物園晝餐ののちも滿ちし顏一つなしわれらに似・《っ》(て)つ舌垂れ

孤獨なる犬の舌なれども壜の底(のジャム)までとどきジャム啜るなり

硝子工ガラスの粉にまみれ(ゐ《き》)て冬星とほくつめたくうるむ

百合ミイラのごと枯れ晩き夏を戀知りし少年汚るる刎れ

文化の日の空におほよそ吹きちぎれ國籍不明なる萬國旗

修道院の園に水撒く蛇口より肉色のゴム・ホースのばして

眞夏のミサ暗き光の中に來て肉のにほひを放てる肉屋

零落の埃つもりて見えざれど菓子皿の繪の白き牧神

西鶴研究會の眞ひるの部屋出でて雪つかみ啖ひをり青年が

墜ちし曲馬の少年のごと砂の上に青き足攣らせ死ぬきりぎりす

鞦韆の少女いつしか姙りて夏夕べ砂色の天幕

夫婦昔・《の》戀別々に（葬りき《反芻す》）春夜樂〈三つのオレンヂの戀〉

芽吹きたる蓮池をすぐ人間《ひと》われは死を唯一の未來となして

默殺をもて默殺にこたへむか日蝕の生ぬるき茄子畑

原爆忌片陰にして黑色の無疵の葡萄ひさげり　老婆

あけくれの言葉杜選（ママ）に五月きて地を截る稀につばくろの影

風の日の砂にうもれて苦しめる蟻地獄　一切誓はざるべし

煙突をつみ上げてゆく夏の日の煉瓦工に眩しき未來あり

屋根の煤けし巣のつばくろが夏夕べ煙突掃除夫に愛さるる

革命われの內部に鬪し夕ぐれの雨中に光りあへる新樹よ

霧吹くと夜の町に淡き虹ゑがく蟲賣りにしづかなる老いは來む

イエスは三十四にて果てにき葡萄口にふくみつゝ苦く思ふその齢《とし》

ギリシア兵基地吹く風に背をむけて立つその胸に花かばひつゝ

言葉次第に粗くなりゆく晩夏の向日葵の種子炒りてくらへば

ジェット機操士が純白の喪の花をかゝへて佇てり夜の枯苑

花をもてる男あり吾に近づき來　炎天の黑き飛行基地より

孤獨なればなほかたくなに愛うすき父が溺愛して薔薇枯らす

水道の水洩れて細き川なせり眞夜枯死近きトマト畑に

眼をあきて夏をつめたくあひいだく(一人は)かたみにいくさ經し蛇の裔

敗戰紀念日の四肢だるく見つめゐつ蟻におほはれたるきりぎりす

原爆忌の夜の水道に晒粉の死のごとき苦み充ちをり　飮まむ

〈三つのオレンヂの戀〉聽けばソヴィエットにても人間の戀はみじめか

患む飛行士のごと熱し炎日の兵士らの手をへたる花束

日本とイエスと老いし飼犬(と)をにくみつゝ愛しをり寒き黴雨

トマト赤き月のごと熟れ宵々にサルトル貶むるわが神父

カフカ選集讀みたどりつゝ(われら)啖(ふ)《ひゐる》胡桃の果肉腦髓に似て

不安われらの內部に層をなしゐ(ると)《っっ》白桃の種子暗渠に捨つる

いじ《（ママ）》め殺されしカナリヤ下手人の晴々とさむき唄身にあびて

革命今日も無し（嚴冬《ゆく夏》）のうすあかき空氣の中の百萬の屋根

われ若し王（座）者なりせば首きられゐむか葡萄口中にぬるくなりゆく

清貧の心とがりて晩餐の豆腐バベルの塔なし崩る

晩夏の陸橋より傲然と君は生くジッドよりナポレオンを愛して

消息不明なりし老婆が歩みくる海月溶けたるあとある砂を

原爆忌未來も暑くめぐり（きて）こむ　赤き肉黒くいためて啖へば

水母いくつか溶け終りたる砂濱にあまた誓ひてたちまち忘る

赤貧の娼婦が濱に夏すごす　ひとでを花のごとく愛して

果舗のつめたき窓に煙色の影もちてレモンのこれり日蝕ののち

不實なる愛人來り翌朝の卵黄が血をおびて固る

巣を焼かれたる蜂がゆき通ふわが（教會《寝室》）と教會のうら口

暗渠によべの蝶すつるとき新しき今日も紛々として古びる

不安なる羽ひろげつゝ蘇る夜の屋上よりすてし蝶

原爆忌かの日は何を禱りゐし神父か　ぬるき西瓜を頒つ

原爆忌過ぎて安息日の彌撒の跪坐すれば戰争まぬがれ得るか

原爆忌螢光燈が青しもと將軍の家の何の祝宴

神父に愛撫されつゝ爪を研ぎてゐる敗戰紀念日の牝猫ナナ

酷薄はいくさののちのわたくしの武器　たわたわと夜の金雀枝

乙女座巨き煙突のかげ　いくさ以後新しき「明日」といへど煤けて

心まづしくあるを幸とし婚禮の花もつは罪もつごと暗し

かへりくる遺骨をかつて見下しゝひまはりのすゑの黑き結實

ダリア巨き束とかれしが白は喪に赤は誕生日のため減らむ

船渠の船の創赤くぬりつぶさるる不安なる平和なれどつゞけよ

雨の原爆忌にて日本の雨靴の底ぬるぬるとチャールズ神父

厚きセロファン白桃の籠おほひけり平和衞らむほどの善意に

平和の合唱よりかへりきて少女らが桃の皮うすくうすく剝き食ふ

原爆忌敗戰紀念日もすぎしある月の夜の紅茶黑色

暑き午睡よりさむる時（いづこにもこゑ）（たえて）《わが耳のおくふかき》「空襲警報發令」

室外につねに夜の潮滿ちにほふごとし船長に愛さるるとき

彼ら國土防衞を說き夏枯れの薔薇苑の果となりし黑薔薇

酸漿の夕映色の一つらね　平和・《は》そこにあり蝕ま（れ《る》つつ）

生ける英靈ならねどゆきて旱天の靖國神社に吐く枇杷の種
重くつめたき傘ひろぐるもたえまなく危機夏天よりうかゞふごとし
敗戰紀念日の餉乾鮭全身に鹽ふきたるを寸に刻みて
敗戰直後ききし(ズ)(ズ)ブルース　サキソフォンなればわれらも口ひらきとぢ
桃くふときも平和いのると白き手の善意に滿ちてむしあつき家
モスコウ地下鐵の重たきシャンデリアきらめきて顳つ暑きまどろみ
老孃、妻となりても淸し　煮えかへる湯につけてある夜あらふ夏たび
夜の市の桃にふれたる(夏)指、夏の手袋に貞淑にしまふも

晩夏のひえし白粥おとろへし身を彎げて聽くスペイン舞曲

飼猫をユダと名づけてその暗き平和の性を（いささか《すこし》）愛すも

レモンの木に貝殻蟲が砦なす革命はわれら死してのち來む

卑しき生れにてシーザーと呼ばれゐる犬　われよりもうたがひぶかし

汝がなすことすみやかになせ孫の空氣銃みがき（ゐる）やれる將軍

革命否定して孤りなり腐りつゝつみ重なれる晩夏の卵

炎天（の）をゆく乳母車爆撃の日のごとくいまも不安をのせて

ナナが天然痘で死ぬまでぬるき水滴《た》る蔭干しの水枕より

運河こえてくる羽蟻群　平和論胸中に冷め(よ《ゆ》)きつゝあれば

プチ・ブルのわれを紲さむ未來あれ紅き絨毯に家だに殖ゆる

誕生日　餉を冷やすべき一魂《(ママ)》の夜の氷の心うすぐろし

誕生の氷とけつゝわれの頭の大きさとなり灰色の心

麥色の若き自衞隊濡れゆくを子に見よとあつき火箸もてさす

電工みじめなる姿して(あつき)地に下る枇杷いろの燈を天にともして

死にたえて終る映畫の始まりに珈琲黑く沸く夏の部屋

晩夏の屋根にタール塗りしが家ぬちの猜疑かたみに深からしむる

棘々しき黑き火砲のゑが最初(嬉)賣れしとかわれが見ざる畫展の

飛び立たむとするとき天使たちも亦みづからの身をうちはばたくか

花賣りに・・・《つねに》やさしき(天使《紳士》)にて家に猛禽のごとき妻待つ

モナ・リザを商標とせる製藥商　藥效かねばしぶとく榮ゆ

和して同ぜざりしまづしき半生に沸々とマンボ・イタリアーノ

黴びて重きディスクの希臘民謠の和音を愛しつつ零落す

原爆忌の涸れし運河に生きのびてわれの喪ひたるもの滿つる

他に惡しむべきものありて街中に鳴りゐれば聞く軍艦マーチ

空《（爆）》撃の日の暗黄の花今も咲きつぎ男ばかり苦しむ

賣春禁止法案却下きらめきて油ながるる深夜の下水

　　歌稿の欄外に、「15 Août og 希臘民謡」とあり

豪雨の後の水光りつゝ消されゆく子が地に釘で描きしジェット機

ソヴィエットより連れかへりたる鸚鵡夜を何か語らむとする舌厚し

新聞紙展ぐるときにあかときの床へこまかき死がこぼれおつ

いくさには兵士、平和の日は孤獨なる父、夜の網の中の鳩

晩夏の下水あけて邪慳につきおとす合歡色の掌の二十日鼠を

酷薄にかつてのわれを養ひしエジプトの砂まじりたる米

硝子越にゆくチンドンドン屋　すさまじき原色のかたまりの音無く

夜のタワー・クレーンにて濡れし地みをり立身の機をむざと逸せる

シベリアにて向日葵の實嚙み生きゐしかコップに蒼き氷片とがる

パンにまじる赭き髮・《の》毛　いづくにか平和をにくみゐるものあらむ

輸出され(た)《し》かの金魚らもアメリカの家庭にて生ぐさく生きゐむ

平和會議のゆくへきゝつゝラムネ罎の構造おもひゐたりはかなし

生きものゝカナリア愛撫したる掌が臭ふ聖餐の座におくれきて

原爆忌ぬるきコーヒーのむわれを見下して咳く老いしインコが
斷食の時も悲しまざる顔の奴隷がつねにわがうちにゐる
いくさ知らぬ子らよ長じて斷食の時はかなしきおももちをなせ
イエスの代價《あたひ》銀二十枚　われの齒も幾枚か缺けて冬に入るべし

〈地の創〉

箒草のねもと明る(く)しわが家を避けつゝ輿論調査すゝめる
枯(日)向日葵鐵の臭ひしこの夏の心を灼きしものも過ぎにき
熱のぼりゆく夜の部屋のあかるみに籠ゆれて黑き禽しきり鳴き

刻々にわれを凌ぎてのびつゝある深夜血の色の黒き鶏頭

われの眠りの底に干潟(はひろがり)て死せる海月のにぶき透明《日は白く照りつつ何もてらされてゐぬ》

炎天に穢れたる紙焼きしかば　ひふにまつはりくる(ぬるき)さむき灰

蒼き檸檬に(顏)貌ちかづけて(中)年の(彼ら殺人の過去をもちゐる)《革命の未來しきりにさむくなりゆく》

蒼き檸檬に貌ちかづけてその內部視むとす　われの青年期果つ

夜の地にこぼれし水を向日葵が貪慾に吸ふ枯れたるのちも

未來ひとしく暗きわれらに目守らるる月光の煤いろのいちぢ《(ママ)》く

九月

鮭卵買ひてかへる少女もその父もみな[2]酷寒の[1]剛き毛の服

さむき歩みの中に仰げり教會の夜の(十)鈍器のごとき十字架

敗戰紀念日の午睡にて汗の背を花茣蓙の黒き繪に重ねゐる

市中にわめく樂隊いつの日も男ばかりがはたらかされて

陰りの中の太陽にむきくびたてて目つむれりさむき日の火喰鳥

うたがひ多く彼らも生きむとほき夜の窓にハンカチが白く干されて

冬近く險しき蟻を這はせをり　つねに働かざりしわれのて

家々の内部の昏さつながれむ電話が河をこえて架けらる

電話あみのごとく(に)家々つなぎきてわれの內部の創にて終る

兵士老いたりといへども又の日の勳章のためひろき胸ある

赤き旗雨にぬれつつ過ぐるときわれの內部の光れる暗渠

われが出でたる後の眞夏の劇場に椿姬咳きつづけて死なむ

劇場の扉の覗孔霧こめて「商船テナシティー」の幕間

乏しき喝采のがれきて凍雪をかじりをりオフェリアとハムレット

電工がきてふてぶてと針金を巻きをり　くらき花季の町

平和侵されつつある日々の南風に恍と吹かれてゐる羽抜鳥

花舗よろひ戸を下しゐて赤き旗午々《(ママ)》たる町をよこぎりゐたり

勤労の後に西日を享けしかばパリサイ人のごとく我あり

金にかかはるいくつかの會《あ》ひ　夜の卓におきて去る罫票《すてふだ》のごとき名刺を

地圖の上のゆび凍ててゆくアルプスの・・・《褐色の》等高線(の)たどりつゝ

指のきず化膿しやすくわが屋根の上に火星がちかぢかとある

青酸漿とほくゆれゐて夏風邪の熱のぼりくるむねが冷たし

十月

原罪にわれは關りなし內部にて夜も白くかがやく鹽湖

安息日の家族の船の帆が夕べはらわたのごとぬれて下さる

旱りつづきゐて夜の帆が船底に白し人間のにほひはなちて

日本にて生くる他なし炎天を(來ても冷)來し身(に)《の》ひややけき鼻のさき

運河蒼き油の膜がうごきをりこの子らもつひに母國にくまむ

われの生れし町につながる荒野にて月させば光る皮膚色の砂

事平和に關(し)りてより默ふかく桃くひて夜の絨毯ぬらす

火事あとの河・・・《を羽蟻が》こえんとて風にさからひをり夏終る

若き父の子とゆくかげがひきつれてうつれり黒き夏の運河に

ごくごくと水のみていま安らけし戀びとの屋根の上も旱天

汗ひえてゆくとき火星ちかぢかと光れりわれの死につながりて

あつきパンさきつゝ思ふ青年がまつげ吹かれてゐし夏の河岸

あはれなるまで若き父夕ぐれのあたたかきパン帽子に入れて

卵黄生ぬるくゆれつゝ平和なる日々に冒されつゝあるわれら

くらき平和われらにありてからびたる玉蟲の屍を夕べ掃きゐつ

かわきたる眠りの後(に)《を》わがうちにたつ何いろか過剰なる虹

海月おびたゞしき水に足ひたしをりわれはにくしみに支へられつゝ

くもり日の濱にシャツ脱ぐはるかなる青年よ熱ののちの視野にて

祈れば祈るほどまづしきに崖下の聖家族夏のひるもとも(して)《せる》

我の内部をひたせし雨が夕暮のびわ《(ママ)》色のリンカーンをぬらす

(まづしき)平和すぎゆきつつあり(き)《て》靜脈のごときくさりを曳くわれの犬

紅葉夜も光りあひつゝ合宿の蝦寝みづみづしき青年ら

蝕める蒼きレモンを暗渠に投げす(て)つる働ざりしわれの手

雨の植物園に花粉は流れゐて未來はわれの內部にたゞよふ

勤勞のひびき町より流れつゝあぢさゐがわれの內部にかげる

われののちに死ぬもののため晩夏のレモン青銅色にぬれゐつ

神父果して神信ずるや炎日の敎會の扉(が)《に》脂が(ながれて)たれゐて

旗ぬれてしづかにゆくと蠶豆のスープに舌をやく五月祭

胸叩きわれの內部を聽きたりし醫師がピラトのごと手を洗ふ

きみも(われも)《くらき》婚期(迫)《にあ》りて水貝の死にたる水がここまで臭ふ

蜜柑の皮泛べて運河氷りをり　少年期はてて直ちめとる

熱の膚にまつはる羽蟻　死ぬまでは何かに執しつつ(あ)《づく》るわれも

寒夜死にし鬪魚すてむと熱兆す手をうすくらき水にひたすも

砲車すぎし暗き視野にてくづれたる蚊柱がまたはかなくつどふ

基地の少女蒼く老けつつな(な)ほ何か待たむ(紅)か蓼の舌刺すかぎり

梅雨の街より來し神父うそさむき祝福と赤き蚤のこし去る

洋傘につねにかくれて通過せし少女にて(風)《雨》の中の青春

女溺死して翌日の屋上にしづくたりゐる枇杷いろの服

蠶豆の・・・《からき》スープに(舌を焼きて)(生く)《むせつつをり》死(も)《は》解放のひとつ(なれども)ならむに

運河に(重き)《夜の》水うごきをり革命ののちもわが胸が(もつ)《もたむ》(淡)《濃》き翳

わが愛を拒みし少女高熱の口(あ)かたくとぢて瀕死の眞夏

わが生にまつはるものに滴りの下のかみそりいろの蔦の根

のぞみなきわれの頭上に鳩時計又おろかしくとび出して鳴る

あつき日の時計商にて(とまりゐる)鳩時計・・・・《とまりをり》われの(ごとくに)・・《こき》影の方

第五句は、さらに「背後のやみに」と推敲

喪の花環つくれる花舗にひとときをゐて生々とわが髪濕る

遠火事を人ら見しかば濕田の足跡にさす鈍いろの水

剝かれたる砂色のえび視つめゐしいくときののちをさむく逢ひをり

群りて水に死にたる羽蟻らもわれも眞夏に生を享け(に)きし

風のごとく神父はいきて知られざるポケットの脂染みたる聖書

暗き運河に花粉ながれて道化師のしめりたる風のごとき半生

雪白の繃帯の手がとほざかりゆけり晩夏の火星の下に

巴里祭の魚錢出してくらひをり吝嗇の父の料理店にて

吾は吾の内部にそむきうつうつと船犇めけりひでりのみなと

青年のひとりの旅にたづさふる寢衣　俘囚のごとき白群

ユダの一生に戀なかりしか夏夕べ人待つと靴の底がつめたし

われの誕生日のルナパークくびたれて月光にたふる赤き木馬ら

まづしき安息日の子らのためくるしみて廻れり赤き廻轉木馬

くろずみし朱の鶏頭を伐りたれば地におちて死するもの・《ら》・《は》あらむ

くるしく生きし今日の終りに砂色のなまこ刻みて夕餐となさむ

蒼く凍りし運河・《を》へだて(て)青年ら今日の怒りをもちてゐみあふ

ぬるき酢に海鼠ひたして夕餐とすわれはちゐうすき家族のために

まづしき怒りわれらは明日にもちこさむ巴里祭にして泡ふく暗渠

足跡錯綜してつゞきをりわが部屋のそとのやみまで荒地(は)ひろがる

かつて背かれて死にたる一人のための暗紫色のクリスマス

・・・《われの》死の通知　あるひは《(ママ)》投げこまむ赤き掌の郵便夫を期待せり

昏き青葉のかげ(に)《の》子供ら未來にて何かぞへむとさらふ算術

われよりも怒り内部に犇めける市電か夜の火花をちらす

不安なる日々の平和にあるわれと氷の中の黑き枯葉と

われをつねに内部にかくす洋傘の雨季すぎて赤くゆがみたる骨

夭折のたましひのため天に祭あるときの雪あをきかげもつ

イエスに肖たる郵便夫きて鮮紅の鞄の口をくらくひらけり

暗殺されそこなひしかば片陰に父は晴々と勲章さらす

うたれたる（胸）鳩の胸より暗紅の血がしたたれり（われをぬらすも）

（夜の）鞦韆にゆれをりこよひ少年の何にさめたる重たき四肢か

父が客死せし島の地圖シシリイの荒寥の央の血（の色の）《をふける》山

己が誕生日の晩餐と愛人は死にたる貝を刃もてひらけり

海溝の・・《すぢ》濃藍の地球儀がへこみてつけりとほき父より

サキソフォン吹く青年の（唇）口、われの死の後も唾にぬれしむらさき

暗き視野に枝たれてゐる木苺もふつふつと熟れむわれの死ののち

菖蒲の根撰りゐる母よ寝臺より薄明の床に脚垂らしつゝ

月光を吸ひつゝ夜の帆が黒し　われよりも前の・・・・・《かずしれぬ》死者（かずしれず）

家具店の（闇）奥・《に》いかなる休息のための寝椅子か金の刺繍《ぬひ》おき

悲劇みし人らを吐きて劇場のしびるるばかりあつきくらがり

蛇皮の柄もつ洋傘わが死後のいつ（の）《燦然と》（眞夏の）豪雨に逅はむ

人間の內部の夜をよぎり來しものら昧爽の運河に泛ぶ

慈雨の中　樹々が全身より煤をしたたらすさま見つつにくしむ

檸檬茶のレモンのみ下せり　不安なるメーデーのしづけさにゐて

われら徐々に侵されゐつゝ白桃の皮むきしまゝがころがされある

額の牧神《パン》の皮膚むらさきに光りをり白晝が午後にうつりゆくとき

しづかなるメーデーののち老株の蝕まれゆく蘭のつぼみら

荒地を赤くほりかへしつつ俘囚らは內部に何のうたうたひゐむ

〈深き河《ディープ・リヴァ》〉いつ覺えたる混血の子らが病後の繁りたる髮

死者を神にまかせて《ゆだね》喪家たちいづる夜の神父の赤き洋傘

溺るるごとく睡りにおちむずぶぬれの洋傘を町におきわすれきて

怒りに支へられし一日の果つるとき酢よりひきずりあげて啖ふ牡蠣

蜜月の部屋に二つの洋傘を干せりあはひに（濃）《さむ》き翳（を）おき

死は究極の解放にして生き生きと五月の夜の墓地のユーカリ

われの眠りの中に始まりその終り沙漠にをはる冬の河あり

蜜月のくらきをはりと頭の中の鹽湖乾きて砂ふらすなり

シャイロックのすゑなるわれ（は）に（夏）《冬》の夜の巨き漁網がむらさきに垂る

メーデーの夕べ神父に頒たるる雨にぬれたるやはらかきパン

（山）《冬の》湖（より）《の》乏しく落（つる）《とす》瀧川をみじめなる日々にゆきて愛せり

わが飼へる犬が卑しき耳垂れて眠れりたれからも愛さるるな

眞夏黒き服の神父もわれわれの内部にも血と水が(つまれる《みちゐる》)

あぢさゐがしきりに蒼してのひらの内出血のいたみに重なり

壁の夕ヒチの男の胸にむらさきの月光《て》れりわがさむき發汗

われの不眠の砂つもる夜をサルヴィアのすがれし花がすれあひて鳴る

善は鹽のごとさびしくて冬の夜の寶石商のくろきたれ幔

花火のあかりのどにうけつヽ發熱のうそさむき刻われは待ちゐつ

のどまであつき怒り滿ちをりまひるまの蒼き鋼板(に)の上にふる雪《雪ふる》

オリーヴ油の蒼き・《氣》泡のごとわれの睡りに死者の眠りまじらふ

いつはりの平和にたらひゐて日々のパンをにくしみのごとく焦がせる

蒼馬に（夕）夜のつめたき水あびせをり青年が何にか飢ゑて

（若き）神父が鈍きナイフもて切りさいなみし聖菓角より汚れてくはる

みどり子の未來を轢きて炎天のさびたる鐵の輪の乳母車

わが視野の鐵橋夜も塗られつつありきすべてを拒みて蒼し

崖の聖家族がまれにうつりつつ冬の運河のそこの泥水

夭折の相の無頼（が）の徒が美しき手をもてり惡をなすため

荒地の上ぼろぼろとなり通じゐる電話にて子の生誕知らす

牡蠣にくしみのごと煮ゆるとき青年は蝕める蒼き犬齒をもてり

神父故國に何かのこして來しがこの教會に蔦がびつしりと赤き

蓮池をめぐりつく《（ママ）》し蒼き傘去りゆけりつひに愛されずして

雨の安息日の聖家族うたがひのうす蒼き雨衣につゝまれて去る

四月馬鹿　おのれ怜悧にひとを離れ屋上に瞰る地に近き蝶

勞働祭の町を屋上よりみしが裏ぎりに似てあつしあなうら

われはたれのつぎに愛されゐむ昨夜の葡萄がつぶれゐて匂ふ皿

にくしみつゝ再たあひ逢ふか中年の浴後の手足白くふやけて

誕生日苦しき生のはじまりを祝ふとうろこかたき冬の魚

熱湯にふかくしづめる聖餐の後のつねより汚れたる皿

誕生日の鶏ぎらぎらと炙け上りたりみじめなる老いわれに來む

イエスが知らざりしたのしみわれら喫ふももいろのかざりもぢ（ママ）ある聖菓

にくしみに支へられ（つつ）《ゐる・たる》わ（れ）《が》生（きて）《に》暗綠の骨の夏薔薇の幹

にくしみて愛し敬してさげすめるしづかなるひとびと聖餐す

不和こそ吾を生きゆかしめむ熱風が夕べ敎會の屋根より來る

くもり日の赤き鐵塔より消火ホース欲望のごとたれさがる

くらやみの白き枯野をよぎり來し川が熱湯のごとく泡立つ

貪欲にわれ(ら)は(生きて)《ありつゝ》聖餐のスープの皿・《の底》・にのこる砂

og　10.30　蒼き傘

十一月

樹蔭つめたし曖昧母音少年にきびしく(くりかへ)反覆させてうとまる

少年が曖昧母音執拗にくりかへさされをり(夏の果て)昏き樹下

鐵棒に恍と廻轉れる青年を・・・・・《(くらき)さむき》樹蔭(に)(より)《に》見つつにくし(み)《む》(始む)

子の未來われのまづしき過去に似む夜の死にたる廻轉木馬

極月の廚に砂糖こげゐつつありゆたかなるまづしさ滿つる

埠頭の錫の山に五月の雨ふれりとほきいくさにつながりにつゝ

眞夏若き母が水邊に子(をつれて)《ときしが》華麗なるこゑを嗄らしてかへる

愍懃にわれら挨拶かはしゐる頭上の灼けし屋根ゆく牝猫

銀婚のわれらのためにあたゝむる記憶のごとくにごりしスープ

春夜額(に)《の》(みなうつむける)《ゐのかがやける》聖家族　彼ら(皆)《とて》死よりまぬがれざりし

(春)《冬》の豪雨外(を)《面》すぎつゝ青年の浴後(の)(もかげる)《やさしき》煙色の髭

混血の子が幸福にその母とねむ（りをり《る》）　桃色のあ（しのう《う》）ら冷（え）やして

湧くごとく熱兆しくる掌の中にあり・と《て》もら（ざる《ぬ》）（一つ《一夜の》）の螢

熱風が屋根よりふきてねとねとわれある夜のヴェニスの舟唄

・熱《高》の（夜の）（はるかなる《とほき》）闇・・《にて》噴水の芯の青年像ぬれどほし

新婚り雪ふりつ（もる《めり》）寃罪のごと讃めらるる二人のために　注　新婚《にひめと》り

人に飽きて入り來し畫展・・・・《レダのゑに》くらくらと（レダの畫に）赤き入日（さしつゝ）がうつる

黄人悲歌（われ《みづか》）らの内部《うち》ながれゐてまづしき屋根にふる冬の雨

カレンダア（七《六》）月の繪は蒼白のモナリザ。やがてわれも娶らむ

冬の豪雨外面すぎつつ　あはれみを(われら)強ふる黑人悲歌の合唱

死に近き犬愛撫せり春雪に黑き外套のすそをぬらして

黑人悲歌部屋(の)に重たく溜まりゐて外面を冬の雨が過ぎゆく

空港に時間狂ひて青年もダリアもかわきゆく風の中

にくみあひつゝ(默)和かに默しゐる父子と眞冬の夜の熱帶魚

くらき冬のをはりの花舗にカンナの根賣られありつめたき砂に竝べて

冬の驟雨屋根ぬらしつつ結婚を待つ青年のかがやかざる目

降誕祭　父がひたりし浴槽にけむりのごとく脂うかびて

母の日が近し樹蔭に果《み》をつけ(し日)《て》より(しづ)《ひそ》かに蝕むすもも

酷寒の日の公園の椅子こはれゐて安らけし愛に憊れぬ

死せる戀人への悲歌うたひゐるこゑの父に似て甘くにごるバリトン

結婚の(のちは)《かくて》かたみにたへ(て來し)《ゆかむ》のみ冷まじき夏のうぐひす

炎天をわが寢室へはこ(ばれ)《びき》し鳩時計内部にて鳩死せる

炎天を鋼鐵の汽車ゆく方によごれたる旗ひたすら振れる

われを終末まで追ひつめて炎天の黒々と・・《水に》ぬれ(走れ)《た》るレール

屋上苑の鶴なまぐさきもの喰ふを見てをり寒き日の病める漁夫

醜きところみな父に(似て《享け》)(わがひたる《ひたひたと》)浴槽の底うすらつめたし

旱りの町しんかんとしてあやふきに荷車が馭者のせてすぎたり

冬夕やけ部屋ふかくさし疲れたる家族かたみにうたがひぶかし

子の生誕のため冬の花外套のうちらにかばひつゝかへりきぬ

湖水あふるるごとき音(た《し》)て隣室の青年が(春《眞・春》)夜髪あらひゐる

搾られてレモンの皮膚がくるしみのごとき無色のものしたたらす

戀びとと不和つづきゐてひたひたとしたしく昏るる冬の蓮沼

灼熱の野の測量を終《へ》・し夜の青年が砂糖水をむさぼる

孤獨なる肉屋が（さむ）《あつ》き（晩春）《秋の夜》の蠅捕リボンあまたたらして

薔薇色の西日の校舍ひしひしと少年ら豚の繪を描きはげむ

戀冷めて腫れたる咽喉を晩春の麒麟のごとき醫師に覗かる

春の驟雨に靈柩車かがやきて過ぐわれはさわ《（ママ）》やかに惡事を遂げむ

酒場つぶれていつか晩夏の扉を（蒼）紅くぬりつぶす・・・《くらき》眼の塗裝工

ころされしあまたの牡蠣が酢の中にするどくにほふ子の誕生日

家族僞善者めきてやさし（き）《も》（日々）《夜の》土間に死にそこなひの犬が病みゐて

平安がつゞきてわれも飼犬とともに肥れり失戀ののち

蒼く氷(りた)《れ》る雪の中より平安のたより八方に遣りて病みをり

寒夜かたくとぢたるわれの眼裏に散薬のごとちらばれる星

安息日のひる(を)ひしめ(く)《ける》人間に背をむけて衰ふる若き豹

ボール紙製の麒麟がゆらゆらと凡庸の子の手になりて生く

風媒(花)の花粉しきりにふりつもる屋根の下おとろへてねむるも

いのらざるわがクリスマス頭の上にのこされしつばくろの泥の巣

蒼きしづくせり酷寒の獣園と植物園をへだてし硝子

こよひも吾子の白雪姫ら清らかに結婚す　そののちは知らずも

紅き鶏の臓腑くらひて頸ふとき老父が際限もなく生きつづく

われより思考うばひて肥りゆく若き牡蠣海賊のごとき友らよ

骨牌の赤き王、妃、兵　瞠きて(ひる)《うら》がへりたりうらの(黒)昏き繪

心霊のごと白き鸚鵡が籠にあり熱あるわれの夜を語りゐる

新緑に額ぬらしつゝわれに辭儀させたるひとをふりかへりみつ

人に隷屬しつゝひそけき愉安のうす黑くひゆる夜の紅葉

(不吉なる)《熱きざす》わが掌(の)《に》(すぢを)《ともり》歩みゐし螢(を)《を》が・・・《かたく》にぎりしめ(られ)て消(ゆ)《す》

おとろへ(て)《し》(すてし)ほたるが・・・《さむき》寝臺の下にしきりにともれる不眠

ロシア料理店さびれつゝ暗がりに悪しみのごとき脂煮立つる

氷室に(青)蒼き氷を積みかさねすくみをり奴隷めける青年

祝婚の二人の前に芯蒼き氷中（ママ）がとめどなくしたゝれる　「氷柱」カ

革のジャムパーうつふせに脱ぎすてられし青年の部屋の重き月光

高熱の眠りの中の和ぎにふる蕩々と白き月光

氷室に西日とほりてくらがりの蒼き氷魂（ママ）の無數の龜裂

おもき目覺めわれにつゞきて灰色のからみあひつつ咲ける晩菊

くらがりのわが熱の掌に(ともらざる)死に近きほたるともりてはげしくにほふ

寒夕ぐれ樂器店にて風琴の一つ賣れ、のこりくらくひびかふ
我がせまき母國日本の冬空に天の川ガラス屑のごと光る
血のごときもの滴りゐしが酷寒の滑走路いま豪雨がすぐる
龍舌蘭猛々とのび華麗なる手紙あひつ(ぐ)ぐ　不幸ならむか
バター・ナイフ(が)バターの中に沒しゐてたそがれのごと重きあかとき
雪の中逢ひたる後の青年の熱き身つゝむ濃き紺絣
險しき手紙母に書きをり華麗なる映畫の夕餉こよひ觀て來て
醜きところみな承けてわれ生き耐ふと父の墓ぬるき水もてあらふ

夜の屋上苑の熱帯魚は光りつゝ孤獨なる眠りにおちむ

父の死のよはひに近くあり墓に父が嫌ひしダリアを捧ぐ

われの青年期と竝びつゝ夜の驛の濕地にゆきづまるレールあり

俘囚のごとき家族のぐるりガラス戸が冷酷に夜をへだてて黑し

時間死してやさしくくらくたゆたへり砂おち終りたる砂時計

われの內部の街に濡れたる旗なびき外部は夜の黑き五月祭《メーデー》

冬の常綠樹林に燃やす紙屑の中にあり赤く〈奴隷を求む〉

われにこたふるわれの內部のこゑ昏し乾貝が水吸ひてにほへる

夜の紅葉黒くひえつゝわがうちに奴隷がしびれつゝねむりゐる

美學の外何も知らざる晩年の父の冷酷なる蝶ネクタイ

風邪重くなる（枯苑）夕ぐれの枯苑（の）《を》白くうつ（れ）《せ》る鏡がありて

死はつひの甘き平安冬の雨けむる枯れたる月桂樹の邊

春夜市電に立ちて（めつむる）《眠れり》（眉若）《髪赭》き囚（徒）《人》が身（體）のどこかつながれ

ナナが天然痘で死にゆく酷寒の劇場の濃きやみの中にて

赤き水鐵屑置場より（さむき）《夜の》道へくるしみて流れつゝあり

梅雨の（燈の）蒼き窓々しめて何か待つテレーズ・ラカンめける妻たち

〈残酷なる四月〉ゆふ（ぐれ）《べを》うつむきて旅す少年のごとき新郎

眞夜劇し（て）き發汗のときさらめきてよぎれり〈途方もなき通行人《パサン・コンシデラブル》〉

押花の重石となりて傾ける熱き夜の〝クレエヴの奥方〟よ

「ハムレット」のみなすさまじく斃れたる（その）後（を）思（ふ）《ひをり》熱（ある）《引きし》夜半（に）

鈍重に鷄飼ふ父もわが家にてリア王よりはしあはせに死なむ

春の夜の日本の鼻ひくきドン・ホセを蔑み見つつ渇けり

蝶々夫人自殺してのち退屈にピー・ナッツ（くふ）剝くまづしきわれら

椿姫底の舞臺に華（麗なる）《かに》咳（し）（をり）《き》て死にゆきたれば歸らむ

谷底の舞臺（の）《に》（椿姫）華麗なる咳を撒き椿姫死ねり　歸らむ

（かすれたる）《すりきれし》・・《映畫の》・ドン・キホーテ（の映畫）みて（ほゝゑり隅に老いゆく）《くらがりにゑみかはせる》われら　「ほゝゑり」はママ

とほきラヂオにてカルメンが刺されをり浴槽にさむき身體を浮かす

クリスマス鷄の肉より灼熱の金串ぬかむとて息きらす

歳末に主は生れたまひラヂオより聖歌が悲歌のごとき尾を曳く

はじめてのつばめ汚れてつきし日を知らざる〈ユダの誕生日〉とす

ユダの誕生日はいつならむむらさきの生けるなまこを刻みゐる妻

逸樂の夕べ（渇きて）《孤りを》支へつつをり雨吸ひて重き洋傘

執拗なる向日葵の花やうやくに終りしが妻避暑よりかへる

みどり子に見せをりくらき酷寒の溫室(の)《に》汗(した)たらす(幹)植物

果物皿　葡萄の汁に汚れたるレスボスの島の少女クロエー

谷底の舞臺の椿姫豪奢に咳き(て死にたり)つつ死んでゆけり　かへらむ

椿姫底の舞臺に華麗なる咳ひびかせて死ねり。歸らむ

熱覺めて見るたそがれの水の上に牡丹雪ふる徒勞のごとし

老醜の父とならびて寒き夜の水のむ永き斷水ののち

すみや（ママ）か夜の水ながれゆきし蛾のむらがりよ何に死にしか知らず

茫然と平和（の）・《女》神・《の》石像がたつながあめに芯までぬれて

混血の子の父のため始めての雪生ぬるき水の上に降る

白々と疲れしわれの背後にて瞠きしままの夜の向日葵

くろずみし昨日の（花《ばら》）もまじへつゝ賣らる祝婚の花束として

混血の子とその父が虹色の泡につゝまれ夜の顔あらふ

復活祭混血の子とその父が手を洗ふ肘までしやぼん泡だて

なすべき事おもたく嵩みつゝ我はレモンをあつき風邪の手に選る

と・《ほ》きピアノ（は）も病む少年か・《春》晝の熱ある（口《耳》）（を《（に）》）（ひらきてきけば《をふせつつきけば》）

銹色に棘かわきつゝ冬に入る薔薇　モーリス・ユトリロも死に

蔦枯れてより夕映がわが家の細かき龜裂より(透き《しのび》)入(れ)る

口あきて嗤ひしわれをサーカスの海豹に球の上より見らる

きれぎれのわれのねむりとつらなりて花火ののちの疲れたる天

人に渇きつゝ眠る夜を寒卵かたまりて淡きむらさきのかげ

旱天の町の裏側　車馬(とほる)《停る》とき翳るなり寡婦のごとくに

ひしひしと向日葵昏くみのりつゝ弱きものあひよりて惡なす

葡萄くひて齼《う》きたる齒齦嚙みてをり己れのうちの惡を覺ますと

復活祭つめたき戀のかけひきを一日たのしみて汚れたる髮

（人に）渇き（ゐて）《つつ》夕べ讀（む）《みたる》ソロモンの箴言に〈ねむりを愛する勿れ〉

結婚にて終る映畫を途中にてのがるるわれら眴せをする

枯《園》（れつつある）《の》夜（の庭に）父母《の影》（は）あり・・《て又》我に（又）何《か》（の）謀計《はかりごと》する

夜の苑に朱欒熟れつつわが心あやふきに〈智慧は呼ばはらざるか〉

梅雨の墜《（ママ）》道いくつもこえて逢ひに來し戀びとが今日もみだり《妄》に誓ふ

われを恃み眠る父にて春の夜を（ひらけ）《あきを》りふかき坑のごとき口

家のどこかに雨が洩りゐて家族らがとほき他人を戀ひつつ眠る

家族かたみにとほき他人を戀ひねむる家のどこかに雨が洩りつゝ

夕貌のさきそこなひてねぢれしを眞夜いぢわるくなりて見てゐつ

貝の口こぢ《(ママ)》あけて肉むしり出す豫後の熱ばみやすきゆびもて

執拗に雨ふりしのち枯苑に死海の象してにごる(孔)水

兵たりし君の過去よりたれ下り夜の(寢)壁をはふあつき革帶

駝鳥の檻の中に荒野が白々と顯(ち)《っ》その果てにわれは赴きたし

愕然と干潟照りをりめつむりてまづしき惡をたくらみゐしが

晩婚のさむき疊にころがりて切れし電球のなかがひびける

教會より纖き神父がオルガンを出せり　すさまじき（疲）《徒》勞ののちに

女の家にうつうつとして卵黄をむさぼりゐたりわがクリスマス

辛きものしきりに欲れり　鼻ごゑの神父と春の夜ををりしのち

（足）《背》さむく眠りに就かむ透くばかりおとろへし金魚河に棄てきて

夜々にわれに孤獨をもたらすと戀ほしめば（今）《すでに》とほき蓮沼

春雪の（溶）解くる夕べにわが家が悔い改むるごとく雫す

枯苑の木々われをめぐりてうつうつとあり始めより枯れゐしごとく

西日木々の梢に照りつゝ枯苑の地（に）《は》うらぎりのごとき暗がり

みづからに稀にのぞみをもつときを鈍色にぬるるとほき菖蒲田

泥濘にわがのこし來し足跡が月光にかわきゆきつつあらむ

梅雨の驛に人と逢ひをりかひなより洋傘を蛇のごとくたらして

花柘榴しづくす父の頰ずり(を)《に》少年が身をくねらせて堪へ

父母が若き日に棲みし町　暗紅の椿がくさりつゝ咲きつづく

昏々と咳きやまぬとき眼裏に花火するどく咲きみだれつゝ

陰謀のごと一隅に光りゐる冬の氷室の蒼き氷魂《(ママ)》

螽蟖土色の翅ひきずりて產卵の地を離れむとする

注　きりぎりす

豚の赭き

赭き豚の腎臓にフォークつきさせり悪くらふごとくちびる苦し

苦しみてユトリロも死にしづかなる西日の壁の繪の蒼きパリ

弱き善意もちて敗れむわが前に少年が熱き牡蠣を啖へる

衰へし母が愛せり極彩のうつうつとして番ひの鸚鵡

春の土曜日の男らはハルーン・アル・ラシッドを胸に棲ませて飲める

妻の愛あまねき夜の食卓(に)の新聞に溺死人の貌ある

五月祭近く常春藤がうつうつと濡る暴君の父は知らねど

注　きづた

われは愛を貪りゐしか禽獸の檻が月光に溺れつつあり

月光うなじにうけつゝ去なむ青年もわれも〈大いなる・影《幻》〉を見て

カエザルを神に返還してあとにわがまづしき愛をなす掌のこらむ

寶石を酷愛しつゝ晩年の次第に鷲に似つつある父

くらやみにうす光りつゝ巴丹杏濃きむらさきのわれの熟睡

新婚り花と光りのどこよりかとどきくるあはれみのまなざし

復活祭このうすぐらき春日の何戀ひてよみがへるいのちか

たそがれて屋上苑に人らなほ熱帯魚みる倖うすき貌

あつき沐浴の後いつまでもしめりゐる皮膚　のぞまれずして生れしかば

犬屋にて毛深き犬が驕慢にねそべれりまづしくて蒼き梅雨

ひでりの夜の混血児園　人間のはじまりもかく暗くかわくか

人魚姫の話みじめにつゞきをり旱りの夜の混血児園

屋上よりつゆ暗き町見るわれの髪　革命の日も汚れゐむ

20. Nov. og

熱たかき夜がつづきゐて白桃の果肉の芯に腐りゆく核

己れにたのむことあつくして晩春の娼婦狡猾にくびれたる腰

降誕祭前夜花屋の若者が眠らむとして黒き唾吐き

春夕べ眼つむりて濕りたる鹽きしきしと積まれゐる馬

酷寒の屋根にいつまでかわかざる神父の青きまで白きシャツ

われにたのむことうすくして夜のパンより暗紅のジャムが喰み出す

七月の影無き檻に孤りなる駝鳥ありふかくうなだれてたつ

少年がふかき冬夜にチョコレート割る病める身の力つくして

老婦人の愛あまねくて日々に細りつゝ鳴く夏のうぐひす

旱りの車輛工場内部ひえびえとゆくさききまらざる黑き貨車

夜の溝に落ちたる銅貨ひろはむと青年が凍てし地にひざまづき

けしの果の枯れつゝもろきむらがりが吾を圍む傘の中よりみれば

西日の檐につるされしまま洋傘が襤褸となれり青年の死後

冬の夜の暗渠に泡のふつふつとわれが死にてもをはらざる悪

驟雨露店をすぎゆきしかば生牡蠣が蠟紙の中に暗く透きをり

白蟻の暗がりの道縦横にゆがめり　頭痛兆す壁うら

河口に重くながれつきたる流木が枝をてのひらのごとくひらけり

樂器店の樂器心にかき鳴らしゐたれ暗澹と下る鎧戸

ひと・《の》めをぬすみて日々に榮えゆく崖の家族の下に氷る田

惡事ひそかにつたふる如く冬の夜の家族が崖に汚をながしをり
白き朱欒むさぼりしかば青年のこよひの內部燈れるごとし
夜光時計の針がするどき角なせり人知りてその夜よりにくみそむ
心よそほひつかれて夕べ愛撫する飼犬のなまぬるき肋骨
おのれ容れ忘れしごとし暗がりに地下冷藏庫とざさるる時
ジープ赤く春ゆふぐれのわが視野を疾驅せり　何か抹殺しつ丶
奔放に一生終りし寢臺の下　ひからびし洋傘のこる
遊動圓木にめつむりをりすでに手遲れとなりしことばかりにて

愛されにゆく　乾かざる蝙蝠を黒き夕顔のごとくひらきて
東京へ引きずられゆく夏の夜の貨車むらさきの油洩りつゝ
罪ふかきわれらはミサの間も鼻孔あけて空氣をすひつゞけをり
皆そこを曲りて消ゆる遠き視野の枯木に網のごとき枝あり
酷寒のサーカスの中あかあかと結婚行進曲なりとほす
猛々と默せる夜の勞働者らが見てすぐる赤きカナリア
煉瓦工血紅色の青年期　いつもどこかの釦とれゐて
熱の夜の壁にリヴェラの花賣りの海芋たへがたきまで雪白に

の《嚥》みこみし冬の苺(が《は》)わが內の極北をさしおちつゝあらむ

ぐつしよりと重き洋傘われの死のごと(く支《めつ》)むりて支へつつあり

電車にて眠るぬれたる乾魚のごとく周圍とつながりあひて

豚の腎臟(網にのせつゝ)火にあぶり(つゝ《をり》)うらぎりて去りし彼らのその後を知らず

灼けしトタン屋根よりわれの眠る間も死のごとくかろきものすべりおつ

半身ぬるき潮につかりて修繕中の船らたくらみゐる(浮《夜の》)船渠《ドック》

唯一の、死はたしかなる未來にて蒼き眼球のごとき慈姑よ

我の內部の夜の湖より黑き水あふれいでつひに吾を溺れしむ

くらがりにくさるオレンヂ苦きものわれの内らに充つる春夜の

凍てし秤の針ゆれうごき體重のいくばくか過去の汚れを（ふくむ《示す》）

・・《われ》風葬を（われをなすとき《に附すべし》）鏘々と鳴る一束骨をのこさむ

冬の豪雨のちの巷（に）が生々と光（れり）る何ものか抹（消）殺されて

別々にたくらみもちて眠りゐる頭の方に赤き土てる荒野

われ（に）の過去に何かを運びきて冬の豪雨の中にうなだるる馬

まづしくて倨傲のわれに晩春の電車脚韻をもちて迫り來

（炎天《綠蔭》）のおくに垂れたる鞦韆を熱兆す兒が心に漕げる

冬の町のくらき硝子戸すきありて熱帶の戀唄が洩れくる

酬いなき多くの愛を吾に強ひ蟬色の衣の孤りなる母

晴天の町にあひつゝゆかりなし暗き眠の電氣熔接工も

虚勢ひそかにはりつゞけつゝ（月）（春の）夜の果舗に白き皮膚病のオレンヂを買ふ

獸苑の麒麟（われらの）視（　野　）《線わが上を》こえて空しきもの（を）見つ（めをり）つあり　「（われらの）」カ

蜜月の彼に邪慳に飼はれゐるカナリアのかすかなる耳の孔

胃嚢重し餘寒の町に偶然のかさなりあへる悲劇觀つつも

未來に足むけて臥てゐるわたくしにすれすれにとび巢だつ白蟻

室内に停る平和論　鶏の骨《ガラ》（を）《の》（煮かへす）のスープをまた煮返して

黒き艦（停）泊れる沖を爪立ちて見をり（氷雨）霙の中に汗ばみ

壺の氷砂糖じつとり光りゐ（る）《て》（晩春の風邪）家族つぎつぎに晩春の風邪

銀婚式いつはりおほせ來しのみの二人枯苑に噴水激す

青年工の服山襞のごと（き皺）（紫の皺）日々にむらさきふかむ新婚

ピタゴラスの定理はにかみつゝ説けり晩夏混血兒學園教師

娶りて愚なる父になりゐむ　ひきだしに黄ばみてユダヤ名前の名刺

男湯のすみに替刃が赤き錆したたらしつゝ近き寒雷

風邪重りゆく　黑き艦泊りたる晩春の海うしろにありて
冬あかとき生藥屋にて黑人悲歌ひびける瓶の草根木皮
耳の孔より毒そそがれし父王より陰慘に生きのびるわが父
うがひするわれと竝びて天井にあごむける額のジャンヌ・ダルクが
よせゐる肩と肩のあひだにクレヴァスのごときくらがりあり　戀すすむ
春夜屋上にさざめき眠らざる日本のまづしきピーター・パンら
脆き生乳壜わしづかみ褐色の配達夫今扉の外にゐる
中年の男らねむる日曜の家庭の中の漆黑の谿

雪の上に灰すてしかば禁慾の一日(の)昏れゆく足なまぬるし

風邪の餉の葱青々と幾冊か缺け(し)《た》る「失はれし時をもとめて」

泰西偉人傳めくりつゝ眞劍に春夜雜種の犬の名ゑ《(ママ)》らぶ

われの誕生日が近づきてなまぐさく變色したる籠のきりぎりす

侍りてつねにわれの內部をうかゞへる飼猫のみじめなる耳の孔

さむき日の鳥屋の巨大なる籠にぎつしりと鳥の眼が光りゐる

隙間より積惡のごと肉見ゆる肉屋がくがくと鎧戸あぐる

長靴かわきゆく夏の屋根執拗に底にべつとりとやみを殘して

父の顔に似たる闘魚が落伍して泳ぐ水槽につきあたりつゝ

首領喪み《（ママ）》たる白蟻がわが前を（過ぎる）限りなく安らかに横行す

鳥貝を盛りたる笊がとめどなくいつはりの死の臭ひをもらす

黑き禮服を結婚前の身に・・・《あはす》無數のかりぬひの針

冬の獸園に重なりあふ淡きけものの影と濃きわれのかげ

獸園の無言の獸らに昧き夏くるきみもつひに娶りて

冬の小鳥屋にわれよりも孤獨なるあまたの鳥の影みだれあふ

死ののちのわれにかゝはるなかれ夜の石材が月にまづしく輝れる

鉛色にぬれしさくらの下すぎて戀もさびしき賭のたぐひか

臆病なる青年期にて「アクロイド殺し」溺るるばかり愛せり

心うづく戀もせざりきいたみたる噴泉が銹びし水たらせども

衄血とまり細かき滓のつもりゆくごときたそがれの底にわれゐき

注　はなぢ

發汗のごと青年期過ぎ去ると耳すますまひる遠き蹴球

魔王が現れる

加藤治郎

つゆしらぬ間に露しとどあからひく露國がずだずたの神無月　『魔王』

蟻を潦《にはたづみ》に逐ひつめひらめきし短詩一片「敵艦見ユ」　同

三十階空中樓閣より甘き聲す「モスクワが炎えてゐるよ」　同

征露丸　露のロシアの一粒は漆黒にして明日がおそろし　同

全く知らない間に露でひどく濡れた。庭の様子だろうか。そしてすぐさま世界の状況の暗喩だと分かる。あからひくという枕詞を露国に冠したのは独創だろう。明るく照り映えるイメージを露国に与えている。露国讃歌ではあるまい。露は、儚く消えやすいものの象徴である。ずたずたとは国情であり、それゆえ危険な存在として現れている。神無月は露の季節であるが、文字どおり神の不在を歌っている。

蟻を潦に逐いつめる。蟻は溺れて死ぬだろう。残虐な人間の本性である。戦争の核心にそれがあることは疑いようがない。蟻のような人々を殺戮するのである。「敵艦見ユ」とは日露の日本海海戦の始まりを告げる暗号電報だ。秋山真之が書き加えた「本日天氣晴朗ナレドモ浪高シ」も名高い。この歌では「敵艦見ユ」を短詩としているところに塚本の美意識が現れている。戦争という主題と等量の美があることが特質なのである。この歌で分かるのは最弱の蟻と最強のロシアを重ねていることだ。史実は揺るがない。ここでは詩歌の世界で起こり得る戦争を現在の意識で歌っている。

モスクワ炎上を歌った作品は優美である。「パリは燃えているか？」というヒトラーの声が聞こえてくる。暗示引用は読者を参加させる説得力となる。塚本作品は恋人が高層の一室で囁いているシーンだ。うっとりと遠望している。甘い声でモスクワの炎を告げている。戦火だろうが、危機感は微塵もない。この歌は柔構造である。硬質な文体が主調である『魔王』の中では例外的だ。つまり意図的なのである。〈三十階／空中樓閣／より甘き／聲す「モスクワが／炎えてゐるよ」〉と読んでみる。６８５８６という気怠い韻律だ。恋の場面に相応しい。会話体も塚本としては珍しい。ロシアの炎上を戯画にしているのだ。そして、歌う主体である私はこの三十階の部屋にはいない。何処か架空のあり得ない場所で恋人の声を聞いているのだ。

征露とはロシアを征伐するという意味である。現在は正露丸と表記されている。征露丸には意思が込められている。露のようなロシアであるけれども征露丸の漆黒の一粒には悪が凝縮されている。明日が怖ろしいというのは実感だ。

二〇二二年二月二十四日、ロシア軍がウクライナへの侵攻を開始した。ロシア軍のミサイル攻撃も報じられており、地下シェルターに避難した市民もいる。ウクライナ軍は応戦している。何ということだ。戦争が始まったのである。今、二月二十七日、先行きの分からない状況のもとで執筆している。戦争は蘇る。魔王が現れる。むしろこれらの歌は、ロシアの末路を予見しているのかもしれない。ずたずたになり炎上するロシアは怖ろしい。詩歌は現実より酷薄なのである。

第十九歌集『魔王』は戦争を主題としている。『水葬物語』以来、戦争は歌われてきた。しかし、詩歌自体が主題となり前景となった時期があった。濃密ではあるが円環的で出口のない世界となっていった。強烈な主題を取り戻したことで『魔王』は現代短歌に君臨したのである。

ヴェトナム料理の緋の蕃椒《たうがらし》けさはけさ食卓がいつ爆發するか　『魔王』
血紅の燐寸《マッチ》ならべる一箱がころがれり　はたと野戰病院　同
日章旗百のよせがきくれなゐがのこりてそこに死者の無署名　同
平和斷念公園のその中央の心字池それなりにゆがみて　同

緋色の蕃椒はベトナム戦争で使用された兵器の暗喩である。血を暗示し強烈な破壊力がある。遠い戦争ではない。今朝この食卓が爆発するかもしれないのである。市民の生活を脅かすテロリズムが思われる。国家からテロリストに戦火の主は広がっている。血紅の燐寸は負傷した兵士あるいは市民の頭を喚起する。ここがいつ野戦病院となるか分からないのだ。

日章旗に百の寄せ書きの黒々とした字には暗澹となる。日の丸の紅だけが残って、署名は消えたのだろう。船が沈没して日章旗は水に浸かった。そんな状況を想像する。文字は流れ去った。日章旗の白地は灰色になっているだろう。そこにはありありと戦死者の無署名があるのだ。

　平和断念公園とは何と辛辣であることか。記念ではなく祈念でもない。平和を希求した果てにあきらめざるを得なかったのだ。その公園の中央には心の字を象った池がある。無残に歪んだ心である。それなりが冷ややかで悪意さえ感じられる。

　いのちに對《むか》ふものそれよそれ青嵐浴びて刎頸の友のなきがら　『獻身』

　地圖に見て「不來方《こずかた》」銀のひびきあり莫逆の友ここに眠れよ　同

　獻身のきみに殉じて寝《い》ねざりしそのあかつきの眼中《がんちゅう》の血　同

　第二十歌集『獻身』の構成は苛烈である。未発表の「不來方《こずかた》」七首を経て全ての歌が歌集巻末の「獻身」に収斂されてゆく。政田岑生を「刎頸の友」「莫逆の友」と呼ぶ。初夏の青葉を揺さぶる強い風は友の生涯を象徴していよう。青嵐を浴びて亡骸は遠くに運ばれてゆくのだ。地図を見て心は盛岡に遊ぶ。「不來方《こずかた》」に銀の響きを聞いた心は純一である。二度と来ない方角という意味も沁みてくる。友は誰かに代わることはできない。自らの創作に一身を捧げたきみを思い続け、夜が明ける。目には血が滲んでいた。哀切な歌である。「政田岑生にこの一巻を獻ず」という巻末の言葉が響く。この一巻は魂なのである。

　そしてたれもゐなくなつてもなほ勃る無人戰爭　向日葵蒼し　『獻身』

霰こんこん昏睡の蜘蛛膜にくれなゐの鍼刺させい、吾妹　同
虹の片脚地にとどきをり半世紀事實無根の歌に與《くみ》して　同

近未来の戦争を想定した歌はドローンの登場で現実となっている。向日葵が蒼ざめている。「霰こんこんこん」は昏睡を導き出す言語魔術であり尊厳死という現代の問題を肯定的に提起している。韻律を根拠として自論を展開するところは塚本の独壇場だ。虹の脚という儚い美と虚構の作歌歴を重ねている。半世紀の総括だ。『獻身』は主題の集大成なのである。

非國民、否緋國民、日の丸の丸かすめとり生きてゐてやる　『風雅默示録』
晩春の大《おほ》夕焼《ゆやけ》わが鼻孔までとどき國家と呼ぶこの空家《あきや》　同
氷塊の上に鋸　敗戰後半世紀經て何の處刑か　同
海芋《カラー》畑《ばたけ》あかときにしてむらむらと百の鵠《くぐひ》の刎《くびは》ねむとす　同

第二十一歌集『風雅默示録』は寒々と怖ろしい。殺戮の予感が日常に滲出している。国家は無力である。もはや戦争というシステムも無化している。アポカリプスの情景が麗しく奏でられている。

非国民呼ばわりされた人々がいた。そうではない。緋国民なのだ。強い矜持である。日本の核心に居て日の丸を掠め取る。生き抜くのである。

国家が空家とは痛烈な風刺である。かつて我々を守った家は廃墟となっている。大夕焼

けは日の丸が溶解したものではなかったか。鼻孔まで届くとは強烈だ。

真夏、これから鋸で氷塊が切られる。白い氷屑が飛び散る。処刑と視るとき痛ましく氷は真っ赤に染まるのだ。敗戦後まだ半世紀しか経っていない。処刑の実態が不明である。不条理な恐怖が忍び寄ってくる。

海芋畑に白い花が咲き誇る。あかときほのかに赤らむ。美しい風景だ。そこにむらむらと人間の殺意が現れる。百羽の白鳥が群がる。その首を刎ねる幻影に取り憑かれる。大量殺戮を確信するのである。

塚本邦雄は、人間の本性を照らし出した。魔王とは、あなた自身だ。

解題

島内景二

一九九一年十一月号『歌壇』発表の連作「火傳書」の中には、心に残る歌がある。

遠國《をんごく》のいくさこなたへ炎えうつるきさらぎさくらだらけの日本

この年の一月に勃発した湾岸戦争は、二月には「戦火」が早くも日本全土に波及した。だから、国土が桜色の炎に包まれて燃えているのだ。

八月七日に生まれた塚本にとって、原爆が投下された八月六日に、自分が広島近くの軍港都市・呉で軍事徴用されていた事実は、重い意味を持っていた。死と生は、紙一重で近接しているのだ。

海征かばかばかばかば夜の獸園に大臣《おとど》の貌の河馬が浮かばば　「黑南風嬉遊曲」

戦時中に盛んに歌われた「海征かば」と、「河馬」のような「貌」をした戦後の政治家を二物衝突させることで、ナンセンスな世界が現出する。「かばかばかば」「かばば」という音のつながりは、皆が大切なものだと思い込んでいる現実世界を「ばかばかしい世界」へと一瞬にして変容させてしまう。

なお、第五句の「浮かばば」だが、単行本歌集、ゆまに書房全集のどちらも「浮ばば」という表記である。だが、「かば」の反復に重い意味があると考えて、本書では「浮かばば」と校訂した。

なお、本巻に収録した塚本邦雄の神變詠草『蹴球帖』（一九五五年）にある次の歌を見られたい。

アイゼンハワーの蝗に肖たる笑顔あつくるしビールを喇叭のみする
ブルガーニン首相悪相蒟蒻をつゝみてかへる新聞のなか

アメリカの大統領も、ソ連の首相も、昆虫なみに戯画化されている。「大臣《おとど》の貌の河馬」は、冷戦時代から持続している塚本の「諷刺」なのだった。塚本は彼なりの流儀で、自分を苦しめ、自分から青春を奪った戦争に復讐したのだろう。

世紀末まなかひにある花の夜をいくさいくさいくさいくさい　「露の國」

「戦＝いくさ」という文明悪が、「臭い＝くさい」へと変容され、嘲られ、忌避され、ゴミ箱にぽいと捨てられ、処分される。醜悪な世界を、言語の遺伝子操作によって変容させ、あるいは、いっそう醜悪化して叩き潰す魔法。それが、古希を越えた塚本の仕事だった。それが、「變」の思想だった。

『魔王』の跋文で語られている「變」の思想は、悪意に満ちた世界に対しては、従順な対応ではなく、断固たる敵意で対決せねば、来たるべき新世界は生まれないという宣言である。そのためにも、昨日までの自分と同じ自分で居続けてはならない。古希を過ぎた自分に、どのような新生がありうるのか。その模索が続いてゆく。

『魔王』が小説家に与えた影響力を指摘しておきたい。

第十四回の松本清張賞を受賞した葉室麟の時代小説に、『銀漢の賦』がある（二〇〇七年）。葉室は、和歌や漢詩をモチーフにした、詩魂あふれる秀作を次々に発表した。その始まりが『銀漢の賦』だった。「銀漢＝天の川」が、三人の男たちの友情のシンボルになっている。そのクライマックス。

《「十蔵《じゅうぞう》は、お主の友だったのだ」

源五《げんご》の言葉をうつむいて聞く将監《しょうげん》の肩は震えていた。源五は白く輝く天の川を眺めながら、

（銀漢とは天の川のことなのだろうが、頭に霜を置き、年齢を重ねた漢《おとこ》も銀漢かもしれんな）

と思っていた。いま慙愧の思いにとらわれている将監は、一人の銀漢ではあるまいか。そして、わしもまた、

——銀漢

だと源五は思うのだった。》

源五と将監は、「武士＝もののふ」である。この名場面は『魔王』の短歌から発想されたのではないか。

銀漢とは白髪なびくもののふとおもひて昨日《きそ》をふりさけにけり「貴腐的私生活論」

葉室と私が初めて会った時に、「あなたは塚本さんの弟子ですよね」と話しかけた葉室の柔和な笑顔が思い出される。

第二十歌集『獻身』は、平成六年（一九九四）十一月二十六日、湯川書房から刊行された。この年の六月二十九日に亡くなった盟友・政田岑生に献げられた。塚本が政田と初めて対面したのは、昭和四十五年（一九七〇）十一月十六日。三島由紀夫が衝撃的に自決する、わずか九日前だった。

塚本と政田が初対面した場には、湯川書房の湯川成一も同席していた。それから、およそ四半世紀にわたり、塚本の文筆を一途に支えてきた政田への感謝の念が、湯川書房から上梓した『獻身』に込められている。

「十一月二十六日」という刊行日は、二人が初めて出会った「十一月十六日」と、三島の奔馬忌である「十一月二十五日」に極めて近い。おそらく、昭和四十五年十一月二十六日に、塚本と政田は前日に自決した三島のことを語り合いながら、これからは二人で三島の遺志を受け継ごうと、覚悟のほどを語り合ったのではないだろうか。二人の「桃園の誓い」が十一月二十六日だった、と私は推測する。

装釘（装幀）者の名前が印刷されていない。塚本邦雄の希望を入れて湯川書房が装釘したのだろう。ラッファエッロ「アテネの学堂」から、プラトンとアリストテレスが対話している姿が、表表紙に大きく印刷されている。裏表紙には、同じ絵からゾロアスターやユークリッド、さらにはラッファエッロ自身の姿も見える。

カバーは、緑色。キリスト教では、永遠の生命や、永遠の愛のシンボルとされる。

天を指差すプラトンは、形而上学的な美を求めてやまないレオナルド・ダ・ヴィンチのごとき塚本邦雄だろう。地を指差すアリストテレスが、企画・編集者との折衝・正字正仮名活版印刷・装釘・販売などの現実一切を請け負った政田岑生なのだろう。二人が出会った戦後文化人や出版人たちが、二人の周囲に何人も配置されている。

印刷は、東洋紙業高速。精興社が活版印刷から撤退したことが、この背景にある。「塚本美学」を支えてきた活版印刷の美が、政田の逝去する数年前から、大きく揺らいでいた。政田は、活版印刷が可能な印刷会社を求めて、東洋紙業高速を用いるようになった。精興社の洗練された字体のオフセット印刷を取るか、それ以外の印刷会社の活版印刷を取るか。この二者択一に際し、政田岑生はどこまでも「活版印刷」にこだわった。私は政田から何度も、「活版でないと駄目なんですわ」「活版でないと、文字に命が籠もらない」という言葉を聞いた。その意味で、『獻身』は、政田に献げるのにふさわしい書物である。

この歌集には、跋文がない。替わりに、「一九九四年六月二十九日永眠の畏友／政田岑生にこの一巻を獻ず」という紙碑がある。第一歌集『水葬物語』が、「亡き友　杉原一司に獻ず」から始まっていた事実と対応している。

私は校訂者の立場から、二首の感想を述べたい。

時は今日本の末期《まつご》　門川を菖蒲《あやめ》ずたずたになつて落ちゆく　「必殺奏鳴曲」

立志あらば屈指もあらむ八百源の總領がアルファルファ洗ひゐる　「夕映間道」

「門川」は、見かけない言葉なので、あるいは誤植かもしれない。初句が「時は今」と始まっているので、明智光秀の「時は今あめがしたしる五月かな」から始まる、「水上まさる庭の夏山」「花落つる池の流れを堰《せ》きとめて」という付合《つけあい》を踏まえているのかと想像される（『愛宕百韻』）。だが、「門川」がよくわからない。「門田《かどた》」（家の前の田）と同じように、家の前を流れる川という意味なのだろうか。ちなみに、「ずたずた」は、「不安なる今日の始まりミキサーの中ずたずたの人參廻る」（『裝飾樂句』）以来の塚本語である。「屈指」は、「立志」の反対概念にはなりえない。それで、「屈指」は「屈志」という造語の誤植ではないか、とも思われる。

第二十一歌集『風雅默示録』は、平成八年（一九九六）十月十日、玲瓏館からの刊行。装幀は、間村俊一。この歌集から活版印刷ではなくなった。玲瓏館は、書肆季節社が政田の死去で新刊を出せなくなったので、代替として作られた会社である（代表者は塚本青史）。

函入りであるが、この「函」には忘れがたい思い出がある。完成直後に印刷所から届いたのは、背表紙に歌集名が印刷されていない函だった。この時、私の目の前で、塚本は真っ白な背広の内ポケットから矢立をおもむろに取り出して、毛筆ペンで「風雅默示録」と墨痕鮮やかに函の背に揮毫してくれたのだった。私の宝物の一冊である。なお、後に綺麗に印刷された函が完成したが、私は記念にもう一冊、背に歌集名のない本を購入し、塚本揮毫の函と並べて飾っている。

跋文が記されたのは、一九九六年の八月七日。塚本の満七十六歳の誕生日だった。すなわち、数えの喜寿である。彼は、自分の歌人としての歩みを回顧して、感無量だったに違いない。

葛原妙子の侍童ならねど胸水の金森光太　そののちいかに　「滄桑曲破綻調」

この歌は、葛原の歌を踏まえている。

自轉車に乗りたる少年坂下る胸に水ある金森光太　『をがたま』一九八一年夏

塚本は、葛原の生前に、彼女の秀歌百首を鑑賞した『百珠百華』（一九八二年）で、この歌に触れている。塚本は、この歌から自分の想像力を自由に羽ばたかせて、金森光太という魅力的な名前の少年を主人公として、「瞬篇小説」を書き綴っている。この歌でも、「そののちいかに」という余白を遺すことで、読者に「その後の物語」の創作を要請している。物語を凝縮した短歌は、そこから新しい物語が生みだせる。それが、読者にとっての「新しい世界」であり、まもなく現れる二十一世紀文学の扉なのである。

ここから、神變詠草『蹴球帖』の解説に入る。一九五五年六月から十二月までの創作ノートである。塚本邦雄は三十五歳。翌一九五六年三月に刊行された第二歌集『裝飾樂句』

の最終準備時期に当たっている。制作した膨大な短歌作品の中から、選びに選びぬかれた自信作のみを収録した序数歌集から漏れた習作群からは、この時期の塚本がこだわっていたモチーフが読み取れる。

政治よりはみ出して生く結核のわれもバケツの水のむ犬も　『蹴球帖』

結核を患い、会社を休職中である塚本の政治意識は、複雑である。それは、第二歌集『装飾樂句』では、「五月祭＝メーデー」に背を向ける姿勢となって現れる。だが、塚本は政治に無関心だったのではない。

次のような歌は、きわめて政治的ではないだろうか。

原爆忌街湯混雑して嬰兒らが殺さるるごとく洗はる　『蹴球帖』

原爆忌迫る廣場の喫泉がいたみて赤き水吐きやまぬ　同

基地の幼き子の原爆忌　うすよごれたる鶏の・《羽》風中に追ひ　同

忠魂碑の花ぬるぬると溶けてをり死者よりも生けるものをおそれよ　同

「英靈」を詠んだ歌もある。戦後日本社会を覆う偽りの平和に、塚本は騙されない。「原爆忌」には、かつて自分が間近に見た地獄絵図を思い出す。国内に点在する「基地」には、黒人米兵・日本人娼婦・混血児たちが存在し、「戦争」という現実を突きつける。戦争は今でも終わっておらず、ただ潜伏しているだけである。平和の内部に内在する戦争ほど恐ろしいものはない。そのことを、塚本は、自分の心の内部に巣食う「悪」に置き換えて歌い続ける。

雇はるる(もの)かぎり不満はたゆるなきわれら水面にたまごうむ蟲　『蹴球帖』
惡なさむ半生われにのこりをりこよひ牡蠣くらふ生殺しにて　同
隣人をわれはもつとも惡みゐて水に(產)卵・・《うむ》(する)脈翅類　同
水に卵うむ蜉蝣よわれにまだ惡なさむための半生がある　同
水に卵うむ蜉蝣《かげろふ》よわれにまだ惡なさむための半生がある　『装飾樂句』

近江商人の家に生まれた塚本は、近江商人の系統の総合商社に雇用されて働いている。生きるため、つまり金銭を得るために、芸術にすべての時間を献げられない塚本は、自分を「悪人」だと規定する。そこに、ユダやシャイロックに対する自己投影もなされる。

狐色の毛布に己れ沒してねる　賣るべきイエスさへ(あら)《もた》ざれば　『蹴球帖』
賣るべきイエスわれにあらねば狐色の毛布にふかく沒して眠る　『装飾樂句』
シャイロックのすゑなるわれ(は)に(夏)《冬》の夜の巨き漁網がむらさきに垂る　『蹴球帖』

『蹴球帖』は、人口に膾炙した秀歌の推敲過程を垣間見せてもいる。

(夜の)鞦韆にゆれをりこよひ少年の何にさめたる重たき四肢か　『蹴球帖』
鞦韆に搖れをり今宵少年のなににめざめし重たきからだ　『装飾樂句』

なお、次の「馬」の歌はどうだろう。

あひびきの夕《よ》を心せく青年が手荒にひやしゐる幼な馬　『蹴球帖』

蒼馬に（夕）夜のつめたき水あびせをり青年が何にか飢ゑて　　同

俳句では夏の季語である「冷やし馬」を意識しているのだろう。これらは、塚本の生涯の自賛歌の源流ではないだろうか。

馬を洗はば馬のたましひ冱ゆるまで人戀はば人あやむるこころ　『感幻樂』

なお、この『蹴球帖』の後にも、「神變詠草」として、大変に分厚い二冊の歌稿ノートが存在する。序数歌集で言えば、『日本人靈歌』『水銀傳説』『綠色研究』『感幻樂』の時期。すなわち、塚本短歌の全盛期である。それらの序数歌集に収録されて話題になった作品と同時期に、活字化されなかった膨大な短歌作品が制作され、筐底に秘められていた。

この二冊の創作ノートを、『文庫版　塚本邦雄全歌集』の別巻Ⅰ、別巻Ⅱとして、これから順次、翻刻・紹介してゆきたい。私たちは、謎と伝説に満ちていた前衛歌人塚本邦雄の真実と全体像を、これらの「神變詠草」から窺うことができるだろう。

検印
省略

令和四年六月九日　第一刷印刷　発行

塚本邦雄全歌集7

定価　本体三三〇〇円（税別）

著者　塚本邦雄

発行者　國兼秀二

発行所　短歌研究社

郵便番号一一二−〇〇一三
東京都文京区音羽一−一七−一四　音羽YKビル
電話〇三（三九四四）四八二二・四八三三
振替〇〇一九〇−九−二四三七五番

印刷者　KPSプロダクツ
製本者　牧製本

落丁本・乱丁本はお取替えいたします。本書のコピー、スキャン、デジタル化等の無断複製は著作権法上での例外を除き禁じられています。本書を代行業者等の第三者に依頼してスキャンやデジタル化することはたとえ個人や家庭内の利用でも著作権法違反です。

ISBN 978-4-86272-557-8 C0092 ¥3300E
© Seishi Tsukamoto 2022, Printed in Japan